# 조각보

# 조각보

| | |
|---|---|
| 1판1쇄 발행 | 2021년 10월 25일 |
| 지은이 | 강명숙 |
| 발행인 | 이선우 |
| 펴낸곳 | 도서출판 선우미디어 |

등록 ｜ 1997. 8. 7 제305-2014-000020
02643 서울시 동대문구 장한로 12길 40, 101동 203호
☎ 2272-3351, 3352 팩스: 2272-5540
sunwoome@hanmail.net
Printed in Korea ⓒ 2021. 강명숙

13,000원
.

※ 잘못된 책은 바꿔 드립니다.
※ 저자와 협의하여 인지는 생략합니다.

ISBN 978-89-5658-682-3 03810

# 조각보

강명숙 수필집

선우미디어 sunwoomedia

## 작가의 말


2021년은 나에게 여러 가지로 뜻깊은 해다. 현대수필에 둥지를 튼 지 10년 만에 첫 수필집을 펴낸 해이기도 하고, 처음으로 작가의 꿈을 품게 해주셨던 청주여고 시절 은사님이 선뜻 수필집의 표사를 써주셨다. 또한, 수필집을 준비하면서 고마운 여러 인연을 만나기도 하였다. 지면을 통해 다시 한번 감사함을 전한다.

수필은 끊임없는 자기 찾기의 작업이다. 유년시절에 관한 소재가 많은 것도 지나온 나의 삶을 관찰함으로써, 내가 어떤 사람인지를 알아가고, 내가 원하는 삶의 방향으로 나아가는 과정의 출발이라고 보기 때문이다. 온몸으로 맞선 삶의 현장에서 나온 사유를 통해 진솔한 자기 성찰을 가능하게 하는 것이 수필만이 갖는 매력이 아닐까?

그러나 작가의 소소한 일상과 단순한 소재가 글을 읽는 독자에게 메시지와 감동을 준다는 것은 생각보다 어렵고 늘 한계에 부딪혔다. '무엇을 쓸 것인가 보다 어떻게 쓸 것인가?' 글을 쓰는 내내 고민에 빠지게 했던 질문이었다. 그러한 고민과 스스로의 질문에 대한 어설픈 답이 이 책에 담겨 있다.

폭포도 한 방울의 물에서 시작되었다. 바쁜 직장생활 틈틈이 눈물과 웃음으로, 때로는 한숨으로 한 편 한 편 써 내려갔던 글을 모아 한 권의 수필집으로 엮었다. 《조각보》에 담긴 이야기가 상처를 딛으려는 사람들에게 작은 위안이 될 수 있기를, 그리하여 마실 나와 산책하듯 가벼워진 마음으로 마지막 책장을 덮게 되기를 바라본다. 앞으로도 치열하게 마음을 따라가는 삶, 그 삶을 따뜻하면서도 균형을 잃지 않는 시선으로 기록하고 싶다.

| 차례 |

## 2. 어머니의 선인장

## 3. 제비꽃 소고

# 1

## 첫눈

# 바람개비

어디서 그런 용기가 났을까? 여름방학이 되자 기다렸다는 듯 서울로 향하는 시외버스에 올랐다. 터미널을 출발한 버스는 한강을 가로지르는 잠실대교를 거침없이 달렸다. 차창 밖으로 한여름의 열기가 후끈 지나갔다. 버스와 자동차가 뒤엉켜 뿜어내는 매연과 클랙슨 소리에 정신이 없었지만 어쩐지 싫지 않았다. 창문을 활짝 열어젖혀 서울의 더운 여름 공기를 깊이 들이마셨다.

도시는 활기로 가득 찼다. 도시인들은 어디론가 바쁘게 움직였고, 금세 시야에서 사라져버리곤 했다. 낯선 그들 사이에 섞여 햄버거와 감자튀김을 먹고, 반짝이는 네온사인으로 불야성인 야시장을 구경하거나 놀이공원을 가기도 하였다. 밤이 되면 다락방에 드러누워 사촌 언니가 들려주는 여름 별자리에 얽힌 신화와 로맨스를 듣기도 했다.

여름방학이 끝나갈 무렵, 이따금 가슴이 답답해지곤 하였다. 그럴 때마다 사촌 언니가 만들어준 바람개비를 들고 동산으로 달려갔다. 얼굴은 벌겋게 달아오르고 숨은 턱까지 차올랐다. 숨이 가빠올수록 바람개비의 날개는 더 빨리 돌았다.

나란히 어깨를 마주한 집들과 너른 들판, 신작로를 따라 길게 늘어선 미루나무가 한 폭의 그림처럼 시야에 들어왔다. 한가로운 시골풍경들이 처처處處에서 유영하고 있었다. 선연한 바람이 가슴속 저 밑을 훑고 지나갔다. 바람결에 흔들리는 바람개비처럼 여린 마음도 중심을 잡지 못한 채 이리저리 흔들렸다. 뭔지 모를 꿈틀거림이 작은 솜털처럼 한 올 한 올 꼿꼿하게 일어서는 것이 온몸으로 느껴졌다. 그 순간, 서울로 냅다 도망치고 싶은 충동이 일면서 왈칵 눈물이 쏟아졌다.

삶은 바람개비를 닮았다. 바람개비는 바람을 거슬러 맞바람을 맞을 때라야 날갯짓을 할 수 있다. 뒤에서 순풍이 불어올 때는 날개가 돌아가기는커녕 오히려 뒤집혀버리고 만다. 사람들은 뒤에서 누군가가 등을 떠밀어주는 순풍만이 있는 삶을 기대하지만 살다 보면 생각지도 못한 시련의 역풍을 마주하는 순간들이 적지 않다.

바람이 불 때마다 날개를 돌려야 하는 것이 바람개비의 숙명이라면 쉬지 않고 삶의 바람개비를 돌려야 하는 것이 우리에게 주어진 숙명인지 모른다. 바람개비는 어느 정도 바람이 불 때는 저 혼자서도 잘 돌아간다. 문제는 바람이 멈추어 섰을 때다.

데일 카네기는 "바람이 불지 않을 때 바람개비를 돌리는 방법은 앞으로 달려나가는 것이다."라고 했다. 바람이 멈췄을 때는 다시 불어오기를 하염없이 기다리기만 하는 것이 아니라 스스로 바람이 되어 바람개비를 들고 열심히 앞으로 달려 나가야 날개가 힘차게 돌아간다는 의미이리라. 주어진 삶을 수동적이기보다 능동적인 자세로 살아야 한다는 것을 강조한 말이 아닐까?

바람개비를 들고 동산으로 달려가던 때를 떠올려보곤 한다.

소녀는 늘 남보다 운이 없다고 생각했다. 부족한 실력을 탓하기보다는 환경 탓을 했다. 서러웠던 그 날의 눈물이, 저 너머의 세상을 보고 싶다는 간절한 바람이 어느새 삶의 바람개비가 되어 어린 심장을 뛰게 했다. 그때부터 마음속 바람개비를 멈추지 않았다. 하지만 돌이켜 보면 그러는 동안 소중한 인연과 삶의 풍경들을 지나쳐 왔고, 건강을 잃었던 적도 있었다. 무작정 앞만 보고 달려온 결과였다.

옛사람들은 배를 탈 때 바람의 속도뿐 아니라 방향을 알기 위해 뱃머리에 바람개비를 달았다고 한다. 바람개비는 단순히 바람의 세기만이 아닌 바람이 불어오는 방향을 알려주는 풍향계와도 같은 역할을 했다. 지천명이면 세상의 이치를 알 때이니 이때부터 참 인생을 사는 것이라 했던가? 지천명을 목전에 두고서야 삶의 속도보다 방향이 중요하다는 이치를 새삼 깨닫는다. 앞으로의 삶은 마음이 가리키는 방향대로 흘러가도록 두고 볼 참이다.

# 첫눈

"107.7㎒ 파워 FM에서 전해드리는 날씨 정보입니다. 현재 서해상에서는 강한 눈구름이 발달하고 있습니다. 오늘은 흐린 가운데 오후 늦게 서울 경기와 충남 서해안을 시작으로 전국 곳곳에 최고 10cm 이상의 많은 눈이 쌓일 전망입니다. 교통안전과 시설물 관리에 유의하시기 바랍니다. 한낮에도 서울이 영하 7도에 머무는 등 중부지방 곳곳에서 영하권의 추위를 보이겠습니다. 이상, 날씨 전해드렸습니다."

아침 기상예보대로 뿌연 하늘에서 눈발이 날리기 시작했다. 올해 첫눈이었다. 금요일 퇴근길에 눈까지 더해져 도로는 차들로 엉켜버렸다. 정체된 도로 상황은 쉽게 풀리지 않았다. 연말연시에 맞추어 라디오 채널마다 캐럴이 울려 퍼졌다. 느린 곡조의 중후한 남자의 목소리가 흘러나왔다. 라디오 볼륨을 높였다. 어릴 적 자주 들었던 Bing Crosby의 《White Christmas》라는 곡이었다.

바람에 흩날리듯 희끗희끗 눈이 내리는가 싶더니 어느새 마을이 온통 하얗게 변했다. 첫눈치고 제법 많은 눈이었다. 마당을 중심으로 장독대, 누렁이 집, 화장실, 외양간과 같이 식구들의 발길이 잦은 동선을 따라 넉가래 길이 교차되어 있었다. 쉬이 길을 내주지 않으려는 심산인지 아버지가 부지런히 길을 내어보지만 넉가래가 지나간 길 위로 눈은 또다시 얄궂게 쌓였다.

채 마르지 못한 빨래가 덕장에 줄지은 황태처럼 꽁꽁 언 상태로 빨랫줄에 매달려 고스란히 눈을 맞고 있었다. 어깨를 맞댄 장독들은 저마다 크고 작은 흰 갓을 뒤집어썼다. 제집에서 꼼짝 않고 웅크리고 있던 누렁이가 갑자기 컹컹 짖어댔다. 서리 낀 유리문에 동그랗게 입김을 불어 밖을 내다보았다. 마실 나갔던 어머니가 머릿수건에 소복이 내려앉은 눈을 탈탈 털어내며 마당으로 들어서고 있었다.

어머니의 귀가로 차갑게 식어있던 부엌 아궁이가 금세 따뜻하게 데워지고, 안채로 이어진 굴뚝에서는 저녁거리가 몽글몽글 연기로 피어오르기 시작했다. 숯불 사이에 묻어놓은 고구마가 구수한 냄새를 풍기며 익어가고, 낡은 뚝배기에 담긴 청국장이 화롯불에서 자글자글 끓고 있었다. 온기를 품은 하얀 쌀밥이 담긴 솥단지가 구들장 아랫목에서 식구들의 소박한 저녁 만찬을 기다렸다.

아버지는 넉가래로 마당 한쪽에 눈 무덤을 쌓다 말고 어린 송아지 등에 보온용 덮개를 씌우랴, 패다 만 장작더미를 덮으랴 뒤늦은 눈 설거지로 마당과 뒤꼍을 분주히 오갔다. 나는 사랑방 아궁이에 왕겨를 퍼다 넣고 풍구질을 해대며 군불을 지폈다. 발갛게 변한 왕겨 더미가 역풍을 타고 붉은 혀를 날름거렸다. 아버지가 김이 피어오르는 쇠죽을 수북하게 부어주자 어미 소와 어린 송아지는 쇠죽통을 말끔히 비웠다. 어머니와 아버지의 손길이 닿는 곳마다 따스한 온기와 익숙한 저녁 냄새가 집안 곳곳 퍼졌다.

눈구름을 앞세우고 좀체 물러날 것 같지 않던 찬바람이 잦아들자 눈발도 점차 가늘어지기 시작했다. 거대한 설산에 갇힌 마을은 한없이 고요하고 적막했다. 지붕 위로 나른한 오후의 햇살이 내려앉았다. 얼마 후 동장군이 햇살을 거두어가자 어스름 땅거미가 이울었다. 어두운 골목에 희미한 가로등이 하나둘씩 켜지고, 겨울 문틈으로 웃음소리가 새어 나왔다.

저녁상을 물리고 나면 가족들은 안방에 모여 TV 연속극을 시청했다. 겨울방학을 맞아 서울에서 내려온 대학생 오빠는 화롯불에 석쇠를 올려놓고 가래떡을 구웠다. 나는 내 방으로 건너와 아껴두었던 크리스마스카드 뭉치를 풀어놓고 가장 마음에 드는 것을 골랐다. 라디오를 들으며 남몰래 키워온 어린 연정을 카드에 꾹꾹 눌러 담았다.

깊고 푸른 겨울밤, 나부끼는 문풍지 소리에 잠이 깼다. 그칠 줄 모르고 내리는 하얀 눈 때문이었을까? 아니면 노란 달빛 때문이었을까? 무언가에 홀리기라도 한 듯 마당으로 눈 사냥을 나갔다.

저녁 무렵에 그쳤던 눈이 다시 내리고 있었다. 함박눈은 온 마을을 뒤덮고, 보름달은 눈 덮인 마을을 환하게 감싸고 있었다. 아무도 밟지 않은 숫눈 위에 커다란 발자국을 내보았다. 얼마 동안을 그러다가 문득 하늘을 올려다보았다. 아득하고 캄캄한 우주 저 끝 어디에서인가 하얗게 부서진 별들이 머리 위로 쏟아져 내렸다. 새벽이 오는 길목에서 추위도 무서움도 잊은 채 눈이 내리는 밤의 풍경을 한참 동안 바라보았다.

러시아 출신의 프랑스 화가 마르크 샤갈의 그림에는 그의 고향인 비테브스크가 자주 등장한다. 《비테브스크 위에서》, 《러시아 마을》, 《겨울마을》이란 작품에서 하얀 눈은 꿈과 희망, 사랑과 낭만, 환희와 그리움 등을 상징한다. 샤갈은 멀리 프랑스에서 비테브스크 마을 지붕 위를 덮고 있는 하얀 눈의 풍경을 화폭에 담으며, 볼셰비키 혁명과 제1차 세계대전 때문에 돌아가지 못하는 자신의 고향을 평생 그리워하며 살았다고 한다.

함박눈이 내리던 밤, 어린 소녀는 비테브스크와 같은 낯선 이국땅에서 맞이하는 멋진 크리스마스를 상상하며, 먼 미래를 동경했던 것도 같다. 아직 영글지 않은 꿈이 언젠가 현실이 될 거라는 막연한 희망에 부풀어서 말이다. 추운 겨울이 오고 첫눈이 내리면 하염없이 눈 내리던 밤의 풍경과 그때 품었던 소녀의 꿈이 각인된 기억처럼 떠오르곤 한다.

　어느새 사춘기 소녀는 어른들의 사랑과 낭만을 이해하는 중년의 여인이 되어 첫눈을 맞고 있다. 캐럴이 끝나갈 즈음, 차창 밖으로 내리는 눈발이 점점 굵어지고 있었다. 샤갈이 그토록 그리워했던 그의 고향 마을 비테브스크에도 지금 눈이 내리고 있을까?

# 송연 送鳶

겨울방학이 되면 막내 오빠가 연을 만들어주곤 했다. 일정한 간격으로 잘 빠진 마른 댓가지만을 골라 연살을 준비했다. 어른의 엄지손가락보다 굵은 대나무가 오빠의 짧은 기합 소리와 함께 눈앞에서 국숫발처럼 가늘게 쪼개졌다. 갈라진 대나무 살을 화롯불에 살짝 달구어 날카로운 끝을 무뎌지게 만든 다음, 칼로 표면을 살살 긁어내면 연살이 부드럽고 매끈하게 다듬어졌다.

연살이 완성되면 늦가을에 문풍지를 바르고 남겨둔 자투리 창호지를 물에 축이고 숯 다림질로 펴서 질기게 만들었다. 창호지의 크기를 적당한 비율로 잘라 연의 전체적인 모양을 잡아주고는 가운데 부분을 둥글게 오려 바람이 구멍을 통해 잘 빠져나갈 수 있도록 방구멍을 내주었다. 오빠가 만들어 준 연은 대부분 방패연이었지만 간혹 마름모꼴 몸통에 꼬리를 달아 가오리연으로 변신시켜주기도 하였다.

반듯하게 잘린 창호지의 머리 부분에 태극무늬를 오려 붙이고 머릿살, 허릿살, 장살, 중심살을 밀가루 풀로 꾹꾹 눌러 붙였다. 머릿살은 연이 공중으로 떠오를 때, 정면으로 맞는 바람을 사방으로 흩어지게 하는 역할을 해서 연살 중에서도 튼튼한 것으로 만들어야 했다. 허릿살은 댓살 중에서 가장 가늘지만 연의 전체적인 중심을 잡아주는 중요한 역할을 한다. 댓살붙이기가 끝나면 오른쪽줄, 왼쪽줄, 머릿줄, 꽁숫줄, 허릿줄 순으로 목줄을 매주었다. 나는 오빠 옆에 찰싹 달라붙어 앉아 연이 완성되어가는 과정을 지켜보았다.

연이 어느 정도 제 모습을 갖추어져 갈 때쯤 오빠는 얼레를 만들기 시작했다. 바람이 잘 통하는 그늘에서 미리 말려둔 소나무를 얼레의 역할에 따라 크기와 모양대로 자른 후, 칼로 깎고 다듬는 지루한 과정이 어린 눈에도 영 수고스럽지 않았다. 얼레는 기둥의 수에 따라 이모, 사모, 육모, 팔모얼레가 있는데, 기둥의 수가 늘어날수록 둥근 원 모양에 가까워 연을 조종하기 훨씬 수월하다고 했다.

나무 다듬기가 끝나면 불에 달군 날카로운 긴 송곳으로 막대의 위아래에 구멍을 뚫어주었다. 그러고 나서 굵은 철사로 기둥축을 만들어 끼운 다음 손잡이를 꽂아 이모 얼레를 완성하였다. 기둥의 수가 많아질수록 얼레를 만드는 과정은 더욱 복잡하고 시간도 많이 소요된다고 하였다. 그 때문인지 사모 얼레를 만들어 달라고 여러 번 오빠를 졸라 보기도 했지만 여전히 내 손에는 납작한 이모 얼레가 들려 있곤 했다.

오빠는 완성된 이모 얼레에 실을 감았다. 어머니가 이불 홑청을 꿰맬 때 쓰려고 아껴두었던 명주실을 몰래 얼레에 감다가 혼쭐이 나기도 하였다. 실타래의 배가 쪼그라들수록 얼레의 배는 앞뒤로 점점 불룩해졌다. 얼레에 적당히 실을 감고 나서 연의 목줄과 얼레의 줄을 이어주면 드디어 방패연이 완성되었다.

바람이 잘 부는 언덕 위나 둑이 높은 논두렁이 연을 날리기에는 제격이었다. 벼 타작이 끝나고 그루터기만 남아있던 휑한 논이 연을 날리는 아이들로 북적였다. 오빠와 함께 연을 날리는 무리 속에 끼어 바람을 등지고 서서 연줄을 풀었다 당겼다 하면서 연을 띄웠다. 오빠가 일러주는 대로 얼레에 감긴 실을 풀어주면 신기하게도 내 키 높이 위로 떠 오른 연은 저 혼자서 바람을 타고 잘도 날아올랐다.

오빠는 바람을 타기 시작한 연을 더 멀리 보내기 위해 연줄을 풀어 실이 스르륵 풀려나가도록 통줄을 주었다. 연은 바람을 거스르거나 치고 올라가는 법이 없다. 바람이 부는 방향과 세기에 맞추어 얼레질만 잘해주면 바람에 제 몸을 맡긴 채 자연스럽게 두둥실 떠올랐다. 욕심을 부렸다가는 영락없이 땅바닥으로 고꾸라진다는 것을 오빠는 오랜 경험으로 알고 있었다.

어떤 날은 예상외로 바람이 강한 탓에 연줄이 맥없이 끊어져 애써 만든 연을 얼마 날려보지 못하고 눈앞에서 놓쳐버리기도 하였다. 행여 닿을까 전깃줄에 걸린 연 꼬리에 손을 뻗어보지만 소용없는 일이었다. 그처럼 운이 없는 날이면 어쩔 수 없이 오빠의 말뚱지기로 나서야 했다. 저만치 연을 잡고 뛰다가 오빠의 수신호에 맞추어 가볍게 띄워주면 연은 힘차게 꼬리를 흔들며 날

송연

아올랐다.

어둠이 내려앉기 시작한 산등성이는 금세 누렇게 달아오른 저녁달을 밀어 올리고 있었다. 오빠는 더 놀고 싶어 떼를 쓰는 나를 어르고 달랬다. 좀처럼 물러날 것 같지 않은 겨울 추위에 터진 볼이 발그레 달아오르고 배에 허기가 느껴져도 나는 고집을 부렸다.

정월 대보름에는 연날리기의 마지막에 실을 끊어 연을 날려 보냈다. 오빠는 액운은 쫓아 보내고 새해의 소망을 비는 것이라고 했다. 논두렁에 올라 끊어진 연이 가물거리며 눈에서 멀어질 때까지 꼼짝 않고 서서 연의 꼬리를 바라보았다. 바람을 타고 너울대며 하늘 높이 솟아오르는 연의 긴 꼬리는 저 너머의 세상이 궁금해서 까치발로 땅을 딛고 선 나를 닮아 있었다.

연은 나에게 꿈이었다. 연날리기는 어린 소녀의 꿈을 연에 담아 하늘 가장 가까이 보낼 수 있는 놀이였다. 아직 영글지 않은 꿈을 연에 매달아 하늘 높이 띄워 보내면 그 꿈이 이루어지지 않을까 하는 터무니없는 상상을 했다.

하늘을 나는 모습이 솔개와 같다고 하여 연鳶이라는 고운 이름을 갖게 된 방패연처럼 어린 시절, 어쩌면 나도 마음껏 하늘을 날고 싶었는지도 모른다. 바람에 연이 날아가 버리기라도 할까 봐 두 손으로 얼레를 단단히 움켜잡는 여느 아이들과는 달리, 나의 손에서 떨어져 나간 연을 아쉬워하기보다 더 멀리 날아올라 하늘 끝에 닿아주기를 바랐다.

얼레에 감겨 있던 연줄을 끊어야 연이 하늘에 더 가까이 다가가듯 이제는 내 마음에 감긴 연줄을 풀어볼 일이다. 그러면 오래전 내 가슴에 품었던 연이 얼레를 풀고 바람결에 훌쩍 날아오르리라. 연을 날려 보내며 주문처럼 외던 그 시절의 꿈이 내 삶의 또 다른 나침반이 되어줄 수 있지 않을까?

곧 정월 보름이다. 오빠는 나에게 그랬듯 어릴 적 내 나이만큼 자란 두 아들과 함께 연을 만들고 있다. 조카들은 연에 무엇을 담아 날려 보낼까? 그게 꿈이라면 어떤 꿈일까?

송연

# 만추晚秋

아버지는 걸쭉한 막걸리를 대접에 부어 단숨에 들이켜더니 쓱 입술을 훔쳤다. 말라버린 북어를 안주 삼아 연거푸 막걸릿잔을 비우던 아버지가 전축을 틀라고 했다. 재생 버튼을 눌러놓고 장롱에서 베개를 꺼내어 머리맡에 가져다 놓았다. 아버지는 취기에 축 늘어진 몸을 힘겹게 아랫목에 뉘었다. 그러는 사이 전축에서 귀에 익숙한 노래가 흘러나왔다.

"어머님의 손을 노오코, 돌아설 때에에엔 부엉새도 울었다오 오오 나도 울어었소오. 가랑잎이 휘날리이는 산마아루턱을 넘어 오오던 그나알바암을 언제에 넘느으으냐."

아버지는 어머니와 다툼이 있을 때마다 '비 내리는 고모령'을 습관처럼 따라 부르곤 했다. 부부싸움이 끝나고 난 이후의 팽팽한 긴장감 속에서 배우자로부터 위로받을 수 없는 외로움은 어쩔 수 없었던 것일까? 냉랭했던 그 순간, 아버지는 고인이 된 할머니를 떠올리며 잠깐 동안 위안을 받은 모양이었다. 어머니는 화를 삭이며 설거지통에 쌓인 그릇들을 왜각대각할 뿐 저녁이 이슥하도록 밥상을 차리지 않았다.

읍내에 오일장이 서는 날이면 조용했던 시골 마을버스 안은 시장에 다녀오는 아주머니들과 장바구니가 한데 엉켜 북새통을 이루곤 했다. 우리 마을에서 버스를 갈아타고 한참 더 들어가야 하는 아주머니들은 시간을 제때 맞추지 못해 시내버스를 놓치기 일쑤였다. 그럴 때마다 아버지를 찾아와 오토바이로 태워다 달라는 부탁을 자주 하였다. 어머니와 심한 다툼이 있던 그 날도 버스를 놓친 한 아주머니가 아버지를 찾아온 것이 화근이었다.

아주머니는 머리에 장바구니를 이고 우리 집 마당으로 들어섰다. 똬리 수건을 풀어헤쳐 흘러내리는 땀을 닦아가며 아버지를 찾았다. 아버지는 오토바이 뒷좌석에 장바구니를 올려놓고 끈으로 단단히 동여맸다. 마침 빨래를 마치고 돌아온 어머니가 그 광경을 보았다. 아주머니는 어머니와 어색한 눈인사를 하고는 잠시 머뭇거렸다. 그러다가 이내 출발을 재촉하듯 아버지의 허리춤을 잡고 서둘러 오토바이 뒷좌석에 올라탔다. 어머니는 아버지와 아주머니를 번갈아 쏘아보며 얼굴에 불편한 심기를 그대로 드러냈다.

땅거미가 지고 늦은 저녁이 되어서야 아버지가 돌아왔다. 아버지의 몸에서 오토바이로 집까지 태워다 준 대가로 얻어 마셨을 시큼한 막걸리 냄새가 풍겨왔다. 어머니는 잔뜩 화가 난 목소리로 잔소리를 늘어놓았다. 아버지는 아무런 대꾸도 하지 않은 채 나에게 전축을 틀라고 했다. 머리맡에 가져다 놓은 베개도 물리고, 팔을 베개 삼아 전축에서 흘러나오는 노래를 힘겹게 따라불렀다.

"어머님의 손을 노오코, 돌아설 때에에엔 부엉새도 울었다오오오 나도 울어었소오."

아버지는 어린 딸이 이해할 수 없는 구슬픈 노랫가락에 기대어 헛헛한 마음을 위로받은 듯 보였다.

계절은 서둘러 여름에서 가을로 옷을 갈아입기 시작했다. 앞산, 뒷산의 붉은 기운이 어느새 마을 코앞까지 내려와 있었다. 가을걷이를 끝낸 논에서는 이른 아침부터 탈곡하는 손길로 분주했다. 정미소를 운영했던 우리 집은 이맘때가 일 년 중 가장 큰 대목이었다. 아버지는 타작이 끝난 벼를 도정하기 위해 실어오고, 도정이 끝나면 포장해서 집집마다 배달을 나갔다. 아버지는 한동안 외출도 자제하고 술은 일절 입에 대지도 않았다.

"이게 늬 오빠 대학등록금도 되고, 늬들 입에 들어갈 괴기도 되고 그런겨."

아버지는 아직 열기가 남아있는 햅쌀이 포댓자루 안으로 하얗게 쏟아지는 모습을 흐뭇하게 바라보았다.

가을이 깊어가던 날 새벽, 요란하게 전화벨이 울렸다. 아버지는 곧장 가겠다는 짧은 답변을 하고 수화기를 내려놓았다. 황급히 옷을 챙겨 입는 아버지를 지켜보던 어머니가 이 새벽에 어디를 가는 거냐고 다그쳤다. 아버지는 대답 없이 오토바이 열쇠만 챙겨 서둘러 밖으로 나갔다. 오토바이 시동 소리에 어머니의 깊은 한숨이 묻혔다. 아침이 되자마자 마을회관에 다녀온 어머니는 어쩐지 화가 누그러진 표정이었다. 같은 마을에 사는 할머니가 편찮으셔서 우리 집으로 전화를 한 것이었다. 아버지 덕분에 위험한 고비를 넘겼다고 했다.

어머니는 마을에 무슨 일만 생겼다 하면 오토바이를 타고 달려가는 아버지를 마뜩잖게 여겼다. 그중에서도 장날이면 오토바이로 아주머니들을 태워다 주는 일은 어머니의 가장 큰 불만이었다. 아버지의 행동이 자식들에게 교육적으로 좋을 리 없다며, 늘 같은 이유로 다투곤 했다. 어쩌면 자식들에게 교육상 좋지 않다는 것은 핑계였을 뿐, 어머니는 아버지의 오토바이 뒷좌석을 차지했던 아주머니들과의 싱거운 스캔들을 더 염려했던 것은 아니었을까? 육남매를 키우며 모진 세월을 함께 해 온 부부간의 정情은 황혼을 바라보면서도 여전히 뭉근한 불씨처럼 남아있었다.

새벽에 전화를 받고 나갔던 아버지가 돌아왔다. 어머니가 무언가 운을 떼려 하자, 아버지는 잔소리는 나중에 하라는 눈시늉을 하며 방으로 들어갔다. 어머니는 정오가 될 때까지 아버지를 깨우지 않았다. 그 대신 아궁이에 굵은 장작을 두둑하게 채워 넣어 눅눅해진 아랫목을 데웠다. 그리고는 햅쌀을 씻어 새로 한 솥 안 쳤다. 어머니는 아궁이 앞에 쪼그리고 앉아 발갛게 달구어진 석쇠 위에 자반고등어 한 손을 올려놓고 정성스레 뒤집었다. 타닥타닥 소리를 내며 고등어가 노릇노릇 구워지고 있었다.

# 얼굴

친정집 마을에는 느티나무 네 그루가 있다. 마을을 지키는 느티나무가 원래 다섯 그루였는데, 전쟁 중에 한 그루가 불에 탔다고 한다. 느티나무의 나이가 최소 칠십은 넘었다는 얘기다. 어린 아이가 노인이 되는 동안 느티나무는 마을 사람들의 이야기를 나이테에 차곡차곡 새겨왔다.

나이테는 나무가 성장하면서 겪어온 삶의 흔적이다. 나무의 단면에 생기는 둥근 모양의 테두리로 연륜이라고도 한다. 물고기의 비늘, 조개껍데기의 표면이나 사슴의 뿔, 상아와 같은 동물의 이빨에서도 나타나는 일종의 성장선이다. 나무는 생명이 있는 한 자신이 살아온 세월을 나이테에 한 겹 한 겹 기록한다. 오래된 나이테는 안쪽으로 밀려나고, 외곽에는 새로운 나이테가 1년이라는 시차를 두고 생겨나기 때문에 안쪽에 새겨진 나이테는 나무의 가장 오래된 과거의 흔적인 것이다. 나무는 과거와 미래 사이의 공간에 굳은살을 단단히 박고, 그 힘으로 땅 위에 곧게 서서 현재를 살아가고 있다.

사람이 인생을 살아가면서 저마다 삶의 굴곡을 겪듯이 나무도 시련을 겪기는 마찬가지다. 나이테의 간격으로 미루어 나무가 어느 해에 잘 자랐는지, 어느 해에 자라기 어려웠는지를 알 수 있다고 한다. 나이테의 간격이 넓으면 땅속에 영양분이 많아 그해에는 나무가 자라기 좋은 환경이었다는 것을 짐작할 수 있다. 나무가 적당한 햇볕과 강수량을 필요한 만큼 얻었다는 뜻이다. 반대로, 나이테의 간격이 좁으면 그해에는 춥고 땅속 영양분이 적어 나무가 자라기 힘든 환경이었다는 것을 알 수 있다. 더운 열대우림의 기후에서 자라는 나무는 일 년 내내 같은 속도로 자라기 때문에 나이테가 없다고 한다. 결국, 나이테는 나무가 추위와 더위를 반복적으로 겪으면서 생겨난 치열한 생장의 흔적인

얼굴

동시에 시간의 퇴적물이다. 나무는 지금 이 순간에도 쉼 없이 나이테에 시간을 기록하며 나이를 먹어가고 있다.

나이테가 나무의 이력서인 것처럼 얼굴은 사람이 살아온 삶의 이력서라고 할 수 있다. 한 사람이 살아온 삶이 얼굴에 새겨지기 때문이다. 미국의 사상가이자 소설가인 에이모스 브론슨 올 컷은 "사람의 얼굴은 그가 가지고 있는 덕의 일부"라고 하였다. 얼굴에는 그 사람이 오랜 세월 가지고 있는 정신이나 마음이 담겨있다는 뜻이리라. 링컨은 "마흔이 넘으면 자기 얼굴에 책임을 져야 한다. 마흔 이후의 얼굴은 스스로 만드는 것"이라고 했다. 40년은 사람의 얼굴을 변화시킬 만큼의 시간이다. 그 긴 시간 동안 인생을 일궈낸 삶의 흔적이 고스란히 얼굴에 남는다. 한 사람의 삶이 그대로 얼굴에 드러난다는 의미다. 그러니 마흔 이후의 얼굴은 외적인 것보다 내적인 마음가짐의 영향이 더 크다는 뜻이기도 하다.

얼굴의 우리말 뜻을 찾아보니, '얼魂이 들어있는 굴窟'이라 되어 있다. 얼이 들어오고 나가는 굴, 즉 영혼의 통로라는 의미를 지니고 있다. 이처럼 동서양 모두 얼굴에 담긴 의미를 가볍게 여기지 않았다. 한 개인의 삶을 얼굴 하나로 판단할 수는 없는 노릇이다. 그런데도 사람의 얼굴은 삶에 대해 어떠한 태도와 마음가짐으로 살아왔느냐에 따라 달라진다고 한다. 내재한 정신적인 부분들이 긴 생애를 거쳐 인상으로 굳어지기 때문이다. 그렇기에 일정한 나이가 되면 한 사람의 성품, 지혜로움, 내면의 성숙함을 얼굴을 통해 짐작해 볼 수 있다는 말은 일리가 있다.

얼이 큰 사람을 어른이라고 한다. 그렇다면 영혼이 큰 사람은 어떤 사람을 두고 하는 말일까? 공자의 『논어』《위정편》에 "불혹에 세상일에 정신을 빼앗겨 판단을 흐리는 일이 없게 되었다."라는 말이 나온다. 수많은 선택의 갈림길에 있었을 때 타인의 진심 어린 조언을 귀담아듣지 않았거나 혹은 무턱대고 남의 말만 믿고 내린 잘못된 판단으로 엉뚱한 것에 에너지를 쏟기도 하였다. 더러는 제때 결정을 내리지 못해 소중한 기회를 놓쳐버리기도 하였다.

나이를 먹으면 저절로 어른이 되는 줄 알았다. 하지만 어른이라는 나이테는 세월이 거저 주는 것이 아니었다. 나이테가 하나씩 늘 때마다 줄기가 점점 굵어지고 키도 자라는 나무처럼 사람도 마음의 성장테 만큼 조금씩 지혜의 반경이 넓어지고 깊어지는 것이었다. 나무가 춥고 긴 겨울을 견디며 고목이 되어가듯 사람도 힘든 시련과 아픔을 겪어내며 마음이 웃자라는 것이었다. 마침내 그것이 어른이 되어가는 것이었다.

묘목이 인생의 시작이라면 고목은 인생의 완성이 아닐까? 고목이 된 친정 마을의 둥구나무처럼 나에게 주어진 삶의 시간을 잘 살아내고 싶다. 인생이라는 묘목에 부지런히 물과 거름을 주고, 차가운 바람이 불어와도 튼튼한 꽃대를 피워 올리고 싶다. 그리하여 어느 화창한 봄날, 활짝 핀 꽃과 같은 나이테가 나의 얼굴에도 곱게 새겨지길 바라본다.

# 봉숭아

봉숭아는 꽃 모양이 봉황을 닮았다 하여 봉선화라고도 부른다. 실제로 봉숭아 꽃잎은 봉황의 날개 깃털처럼 좌우로 넓게 퍼져있고, 뒤로는 아래로 굽은 모양의 꿀주머니가 매달려 있어 봉황새를 연상케 한다. 솜털이 뽀송뽀송한 봉숭아꽃 씨주머니는 손끝이 살짝만 닿아도 꼬투리가 터져 수줍은 듯 또르르 말려 들어가면서 사방으로 씨앗이 흩어진다. '날 건드리지 마세요.'라는 봉숭아꽃의 꽃말이 생겨난 것은 아마도 이와 같은 이유 때문은 아닐까?

봉숭아는 따로 파종하거나 모종을 심지 않아도 마을의 집집마다 담장 밑, 장독대, 뒤뜰 어디든 지천으로 피었다가 지는 흔한 꽃이었다. 여름해살이 꽃들이 자취를 감출 즈음에도 봉숭아는 서리가 내릴 때까지 분홍색, 빨간색, 주황색, 보라색, 흰색으로 부지런히 옷을 갈아입으며 오래도록 꽃을 피웠다. 봉숭아처럼 동일한 종이 다양한 색상의 꽃을 피우는 한해살이 화초도 흔치 않을 것이다.

오래전부터 봉숭아는 여인들의 손톱에 꽃물을 들일 때 사용하였는데, 이러한 풍습은 고려 시대 이전부터 있었다고 전해진다. 고려 때 충선왕은 원나라의 계국공주와 정략결혼을 한 이후에 원의 부마국으로 전락한 처지를 비관하였다. 이에 공주를 홀대했던 충선왕은 폐위와 함께 원나라 황궁에 감금당하는 수모를 겪게 되었다. 어느 날, 충선왕은 손가락마다 붕대를 감고 있는 고려의 한 여인을 만나게 되는데, 여인은 봉숭아 꽃물을 손톱에 들이던 고려의 풍습을 그리워하고 있었다. 이후 환국명還國命이 떨어지자, 충선왕은 여인에게 반드시 데려가겠다는 약속을 하고 고려로 돌아오게 되었다. 충선왕은 1년쯤 지나서야 원에 남아있던 여인을 데려올 것을 명하지만 여인은 이미 죽은 뒤였다. 충선왕은 궁궐 곳곳에 봉숭아꽃을 심어 죽은 여인을 그리워했다. 궁녀들은 봉숭아 꽃잎을 따서 손톱에 물을 들였고, 이것이 지금까지 내려오고 있다고 한다.

첫눈이 내릴 때까지 봉숭아 꽃물이 손톱에 남아있으면 첫사랑이 이루어진다는 말이 있다. 어린 시절, 매년 한여름의 끝자락이면 삼삼오오 여자아이들이 모여 손톱에 봉숭아 꽃물을 들이곤 하였다. 마당에 활짝 핀 봉숭아꽃과 잎사귀를 따서 백반가루를 넣고 찧었다. 검붉은 봉숭아 꽃잎 덩이를 조금씩 떼어내 손톱 위에 얹고 비닐로 싼 다음 무명실로 꽁꽁 묶어주던 날, 경쟁이라도 하듯 서로의 첫사랑을 점치기도 하였다.

손톱에 봉숭아꽃물 들이기는 시간과 정성을 들이는 일이었다. 손가락을 무명실로 묶어 저릿저릿한 상태로 꼬박 하룻밤을 보내야 했으니 말이다. 그래야만 다음 날 아침, 열 손가락 손톱에 곱게 물든 봉숭아 꽃물을 만날 수 있었다. 더러는 험한 잠버릇 탓에 실이 풀어지면서 손가락 마디만 발갛게 물이 들기도 하였다.

꽃물이 사라지기 전 첫눈이 내리기를 애타게 바라던 어린 소녀의 마음과는 달리, 손톱 끝에 아슬아슬하게 매달린 초승달 모양의 간절한 첫사랑은 점점 짧아지고 있었다. 야속하게도 첫눈이 오기 전 봉숭아 꽃물은 자취를 감추어 버리고 말았다. 충선왕과 궁녀의 사랑이 끝내 이루어지지 않은 것처럼 어린 소녀의 수줍은 첫사랑은 마음속에 선명한 붉은 꽃물 자국으로 남았다.

조카가 양쪽 새끼손가락에 봉숭아 꽃물을 들인다며 재료를 사왔다. 제품명은 'Garden balsam, 사랑이 이루어지는 봉숭아 물들이기'. 계절을 기다리지 않고 언제라도 봉숭아 꽃물을 들일 수 있으니 편리하긴 해도 어쩐지 씁쓸하다. 조카 손톱에 남은 꽃물이 사라지기 전에 첫눈이 내리기를 기대해본다.

# 사진 寫眞

사진관 대기실 밖으로 나오자, 한쪽 벽을 가득 채우고 있는 흑백사진들이 눈길을 끌었다. 마치 시간을 거슬러 과거로 돌아간 듯 빛바랜 사진이었다. 돌 기념사진이 눈에 들어왔다. 굵은 무명실을 목에 두르고 아랫도리가 황망하게 벗겨진 채 작은 권좌에 늠름하게 앉아 있는 사내아이의 모습이었다. 무명실을 목에 걸어주는 행위는 태어난 지 만 1년이 된 아이의 무병장수를 바라는 의미였지만 지금은 찾아보기 힘든 광경이다.

사진이 이끄는 대로 동선을 따라 발걸음을 옮겼다. 한 명의 나이 많은 남자와 두 명의 여자가 함께 찍은 낡은 회갑기념 사진이 시선을 끌었다. 사진 안에 담긴 세 남녀의 모습에서 어딘지 모르게 어색함이 느껴졌다. 옆자리에 나란히 앉은 두 여인과 달리, 두 사람과 얼마간의 거리를 두고 한쪽 끝에 덩그러니 앉아 있는 남자의 모습은 왠지 궁색해 보였다. 사내의 눈빛은 미안한 사람처럼 보이는 반면, 나란히 정면을 똑바로 응시하고 있는 두 여인에게서는 어쩐지 당당한 기운마저 느껴졌다. 어떠한 사연을 간직한 채 세 남녀의 사진이 하나의 액자 속에 박제되어 온 것일까?

사진은 인생을 살아가는 어떠한 순간이나 공간적 지점을 정지된 평면적 시간으로 보여주는 물리적 실체다. 지금 내 눈앞에 마주하고 있는 한 장의 사진은 특정 인물의 삶을 수직으로 관통해서 만나는 정지된 순간의 찰나이다. 사진을 찍는 순간, 우리의 시선은 누군가의 삶의 찰나에 영원히 머물러 있게 된다. 그렇기에 사진은 누군가의 과거인 동시에 영원한 현재이기도 하다.

어머니는 회갑을 기념하여 찍은 가족사진을 거실에 걸어놓고 종종 흐뭇한 표정으로 바라보곤 하였다. 그 사진 한 장이 어머니에게는 어떠한 의미였을까? 어머니의 봄날이 수십 번 저무는 동안 아버지를 대신하여 홀로 일구어 온 고된 삶의 공적조서와도 같은 것이었을까?

곧 어머니의 기일이다. 제사 때마다 놓이는 어머니의 영정사진이 새삼 다르게 느껴진다. 존재의 부재인 죽음을 통해 어머니가 살아온 과거와 여전히 현재의 미완으로 남은 당신의 삶을 확인하는 까닭이다. 지난한 세월, 한없이 고달프고 힘겹던 어머니의 삶이 영정사진에 고스란히 남아있는 까닭이다.

만 가지 사연과 표정이 담긴 어머니의 낡은 흑백사진. 이제는 덩그러니 사진 한 장으로 남은 당신의 슬픈 초상을 바라보며, 지나간 어머니의 삶을 반추해본다. 아무리 시간을 되돌려 거슬러 간다고 해도 어머니의 삶에는 가 닿을 수 없으리라. 어머니가 사무치게 그리운 밤이다.

# 뿌리

베란다 청소를 하다가 난蘭 화분이 깨진 것을 발견했다. 화분
이 넘어진 것도 아니고, 물건이 떨어져서 부딪힌 것도 아니었다.
꽃집 사장님은 난이 좁은 공간에 뿌리를 내리면서 엉키다 보니
압력을 견디지 못해 화분이 깨진 것 같다고 했다. 작은 망치로
여러 번 두들겨도 한 번에 깨지지 않는 화분이 설마 뿌리 때문에
깨졌을까 싶은 것이 의아했다.

화분 안에 얽혀있던 우동 굵기만 한 뿌리가 줄줄이 딸려 나왔
다. 밖으로 나온 뿌리의 양이 제법 많았다. 뿌리가 축축한 수태
사이사이로 촘촘하게 감겨 있었다. 좁은 화분 안은 난이 자랄 수

없는 환경인 것만은 분명했다. 마음씨 좋은 사장님이 뿌리에 엉킨 난석과 수태를 말끔히 정리한 다음 두 개의 화분으로 나누어 분갈이를 해주었다.

난을 볼 때마다 촉이 쑥쑥 올라오고 매년 향기로운 꽃도 피우니 잘 자란다고 생각했던 것은 착각이었다. 화분 속 식물은 사람의 손에 의해 자라는 이상 반려식물이라 할 수 있다. 자연에서 자라는 식물과는 달리 반려식물은 스스로 햇볕과 물을 찾아 뿌리를 내리지 못하기 때문에 제때 분갈이를 해주어야 했다. 주인이 무심해 있는 동안 난은 좁은 화분 속에서 살아남기 위해 자신의 뿌리를 실타래처럼 얽어매고 있었다. 난은 많은 양의 뿌리를 끌어안고 사느라 숨이 막힐 지경이었을 텐데도 용케 살아남았다. 화분이 깨진 것은 돌덩이처럼 뭉친 뿌리가 어떻게든 살아남기 위해 주인에게 보낸 경고였으리라.

제주에는 제주 생태계의 허파로 불리는 곶자왈이라는 도립공원이 있다. 울창한 숲속의 산책로를 따라가다 보면 숲 대부분을 차지하는 높이 10m 이상의 종가시나무가 눈 앞에 펼쳐진다. 특이한 것은 땅속으로 뻗어야 할 종가시나무의 뿌리가 표층을 뚫고 나와 커다란 암석 틈새로 길게 뻗어 자라고 있다는 점이다. 뿌리가 땅 위로 솟아있는 나무를 근상根上이라고 부른다. 거미줄처럼 뻗어 나온 뿌리가 마치 종가시나무의 하얀 살점인 것만 같았다.

식물은 처음 뿌리 내린 곳에 자신의 종을 퍼뜨리기 위해 주변 환경에 적응하는데 평생의 시간을 보낸다고 한다. 종가시나무도 그렇다. 곶자왈의 심층은 용암이 흐르다가 굳은 바위 동굴과 암석지대로 이루어져 있고, 토양이 부족하여 식물이 자라기 매우 어려운 환경이라고 한다.

종가시나무는 오랜 세월의 경험으로 거센 비바람에 휩쓸려 토양이 사라질수록 더 깊이 뿌리를 내렸으리라. 따스하게 내리쬐는 햇볕 한 줌, 시원한 바람과 물을 찾아서 암석 틈새까지 뿌리를 뻗어 땅속과 땅 위의 제 살들을 살뜰하게 키워냈으리라. 종가시나무는 생존을 위해 자신의 속살을 드러내면서까지 지금의 모습으로 퇴적된 삶을 살아가는 것이다. 그 때문일까? 모진 세월을 딛고 거대하게 자란 종가시나무를 애틋한 시선으로 바라보게 된다.

식물의 강한 생존 본능을 여과 없이 목도하고 나니 새삼 뿌리에 대해 생각하게 된다. 뿌리란 무엇일까? 뿌리······. 그저 깨진 화분 속 난초와 곶자왈에서 마주했던 종가시나무를 떠올렸을 뿐인데, 왠지 모르게 눈시울이 뜨거워진다.

모든 살아있는 식물의 생의 근원이 뿌리이듯 살아있는 자의 생명의 근원은 부모에게서 온다. 부모는 곧 '나'라는 존재의 뿌리다. 나의 부모도 당신들의 부모가 있었고, 당신들의 부모 또한 부모가 있었기에 지금 여기 '나'라는 실체가 존재하는 것이다.

깨진 화분 속의 난초, 암석 틈에 뿌리를 내린 종가시나무가 강한 생명력으로 살아남았듯 삶의 화두는 어디에 뿌리를 내렸는가보다 어떻게 뿌리를 내릴 것인가에 있다. 뿌리가 깊은 나무는 바람에 쉬이 흔들리지 않고, 더욱더 찬란하게 꽃을 피운다고 하였다. 과연 나는 지금 딛고 있는 자리에 뿌리를 잘 내린 채 살아가고 있는 것일까? 혹여라도 그렇다면 종가시나무처럼 곧고 단단한 사람이 되고 싶다.

# 연등 烟燈

    사찰 입구에 오색 연등이 줄지어 늘어섰다. 한 걸음 한 걸음 돌계단을 오르다 보면 청아한 풍경 소리가 바람결에 묻어온다. 중국 홍자성의 어록 《채근담》에는 "추녀 끝에 걸어놓은 풍경은 바람이 불지 않으면 소리를 내지 않는다."라는 구절이 있다. 바람이 불어야만 풍경 소리를 들을 수 있다는 말은 사람이 살아가는 하루하루가 아무 일도 일어나지 않고 무사평온하기만 하다면 인생의 깊은 참뜻을 알기가 어렵다는 의미일 것이다.

    사찰 안으로 들어서니 익살스러운 표정의 목어木魚가 모처럼만의 외출을 반긴다. 물고기 형상의 목어는 수중의 중생을 제도 하는 의미가 있다고 한다. 물고기는 잠을 잘 때나 심지어 죽을 때조차도 눈을 감지 않는 특성이 있는데, 수행자로 하여금 졸지 말고 늘 깨어있는 마음으로 수행하라는 뜻에서 사찰 곳곳에 물고기 모양의 목어나 풍경을 달아놓는다고 한다.

돌계단이 끝나는 지점에서 빗살무늬처럼 곱게 비질이 된 흙마당이 시작된다. 행자 스님이 잔뜩 주눅 든 표정으로 도량 비질을 하고 있다. 큰스님으로 보이는 분이 뒷짐을 지고 서릿발 같은 위엄으로 행자 스님의 비질을 지켜보고 서 있다. 사찰 내에 시선이 머무는 곳마다 수행자로서 도량을 쌓는 마음가짐을 경계하지 않은 것이 없는 듯하다. 나라 안의 작은 나라 바티칸시국처럼 이곳 또한 속세와는 사뭇 다른 사찰만의 질서와 정서가 느껴졌다.

대웅전으로 발길을 돌리니 연등으로 장식한 터널이 시선을 잡아끈다. 너른 마당에는 볕을 등진 채 긴 줄에 매달린 연꽃들이 화영花影으로 활짝 피었다. 터널 사이로 젊은 두 남녀가 다정하게 손을 잡고 앞서 걸어가고 있다. '부처님오신 날'이라고 새겨진 색색의 연등이 그들 머리 위에서 바람을 타고 너울너울 춤을 춘다.

연등

대웅전 앞은 부처님오신 날을 맞이할 준비로 분주했다. 한쪽에서 스님과 보살님 몇 분이 불자들의 이름과 소원이 나란히 적힌 리본을 연등에 달고 있다. 스님의 회색 적삼 주머니에는 연등에 달릴 소망들이 제가 달릴 순서를 얌전히 기다리고 있다. 접수처에는 초파일을 앞두고 연등을 달기 위해 접수를 기다리는 불자들로 붐볐다. 남편과 함께 접수처 한쪽에 마련된 시주함에 시주하고, 양초 두 개를 부처님 앞에 올렸다.

대웅전을 먼저 나와 방문객에게 제공되는 차 한 잔을 받아들고 마루에 앉아 남편을 기다렸다. 그때 접수처 직원이 차례가 된 할머니에게 연등에 올릴 이름을 묻자, 할머니는 작은 쪽지를 건네고는 흰색 연등을 달아 달라며 꼬깃꼬깃한 지폐뭉치를 꺼내 직원에게 주었다. 옆에서 그 모습을 지켜보고 있던 나는 가슴이 뜨끔했다. 오랫동안 절에 다니면서도 우리 부부의 안위와 행복만을 빌었지 돌아가신 친정 부모님을 위해 흰색 연등을 달아드릴 생각은 미처 하지 못했다.

집으로 돌아오자마자 인터넷에서 '흰색 연등'을 검색해 보았다. 죽은 자의 극락왕생을 비는 흰색 연등을 일컬어 '영가등'이라고 했다. 다시 이미지 검색을 하고 나서 그중 적당한 것을 골라 클릭해보았다. '부처님오신 날'이라는 글자가 새겨진 오색 연등과 '극락왕생'이라고 새겨진 흰색 연등이 나란히 걸려 있는 낯선 사진이 화면을 가득 채웠다. 색색의 연등과 흰색의 연등이 마치 현세의 삶과 사후의 세계를 대변하듯 극명하고도 묘한 대조를 이루었다.

해마다 부처님 오신 날이 되면 연등 행사로 사찰마다 형형색색의 연등을 밝힌다. 사월 초파일 하루쯤은 산 자의 행복만을 빌었던 화려한 연등 뒤에 가려진 죽은 자의 극락왕생을 비는 흰색 연등의 의미를 한 번쯤 되새겨 볼 일이다. 내년 봄에는 친정 부모님을 위한 영가등을 달아드려야겠다.

연등

# 인연 因緣

끝내 너는 떠나기로 마음을 먹은 모양이었다. 병원에서 면회를 마치고 집으로 돌아오는 차 안에서 무지개다리를 건넜다는 소식을 들었다. 잠자듯 편안한 모습으로 떠났다는 말을 수의사 선생님이 전해주었다. 평소 조용하고 의젓했던 너는 마지막 모습마저도 너다웠다.

병원 측에서 알려준 장례식장으로 향했다. 나의 품에 안긴 너는 깊은 잠에 빠진 것만 같았다. 장의사가 아직 옅은 체온이 남아있는 너를 흰 천으로 덮고 그 위에 국화를 올려두고는 마지막 인사를 나누도록 자리를 피해주었다. 참고 있던 울음이 터져 나왔다.

화장이 진행되는 동안 건물 밖으로 나왔다. 굴뚝으로 피어오르는 희미한 연기를 바라보았다. 비로소 너는 육신의 고통에서 벗어났을까? 얼마간의 시간이 지나고 자그마한 유골함이 손안에 들어왔다. 살아있는 실체로서 더는 볼 수도 만질 수도 없게 된 너의 부재를 확인하는 순간이었다. 너를 안고 집으로 돌아왔다. 온종일 혼자서 주인을 기다렸을 그 시간이 얼마나 길고 외로웠을까? 이제 너는 가고 없는데, 시선이 머무는 곳마다 너의 흔적들은 그대로여서 너를 잃은 슬픔을 견디며 그리워하는 일은 우리의 몫으로 남았다.

갑자기 토하기 시작한 날부터 무지개다리를 건너기까지 걸린 시간은 겨우 일주일. 그 일주일 동안 도대체 무슨 일이 일어났던 것일까? 허망하게 너를 보내고 돌이켜 생각해보니 긴박한 순간에 얼마나 무지하고 잘못된 선택을 했었는지 한동안 자책감과 무력감에 빠져 지냈다. 너와 함께했던 평범했던 일상이 무너지고 있었다.

우리는 만날 수밖에 없는 인연이었던 듯싶다. 너라는 아이를 처음 본 순간, 선하면서도 어딘가 슬퍼 보이는 커다란 눈망울에 마음을 빼앗겼다. 순항하는 줄로만 알았던 인생에 브레이크가

걸리고 힘겨운 시간을 보내던 그때, 너를 만났다. 하지만 너를 데려올 수 있는 상황이 결코 아니었다. 그러니 운명이라는 단어를 쓰지 않고서는 우리의 인연을 달리 설명할 수 없다. 타인 앞에 꺼내 보일 수 없는 아픔을 너는 마치 다 알고 있기라도 한 듯 착하고 순하게 잘 자라주었다.

"이 아이는 활발한 코커스패니얼 종인데도 무척 겁이 많고 소심한 편인 것 같아요. 주사를 맞을 때면 으르렁대거나 버둥거리지도 않고 별 반응이 없어요. 고양이가 야옹 하면 깜짝 놀라면서 몸을 움츠리더군요. 아마 그동안 많은 것들을 속으로만 삭여왔던 아이인 것 같아요."

수의사 선생님에게서 이 말을 들었을 때 어찌나 마음이 아팠는지 마치 죄인이라도 된 듯한 기분이었다. 반려견은 주인을 닮아간다는 말이 있다. 혼자 지낼 때조차 다른 아이들에 비해 심하게 짖거나 말썽을 부리지 않고 얌전해서 그저 다행이라고만 여겨왔다. 그런데 어쩌면 당시 상황 때문에 원래 활발한 종의 네가 그러한 성격을 갖게 된 것은 아닐까 미안한 마음이 들기도 했다.

네가 떠난 지 오랜 시간이 흐른 지금도 너를 잃은 고통의 기억을 반추해내는 일은 여전히 아프다. 어쩌면 그렇게도 앓는 소리 한번 내지 않고 엄청난 고통을 참아낼 수 있던 것인지……. 남아 있는 우리에게 조금이라도 아픔을 덜어주기 위한 배려였을 거라고 너라는 사랑스러운 아이를 잃고 나서야 깨달았다.

무지개다리로 너를 보내고 얼마 후 꿈을 꾸었단다. 죽은 나무에 핑크빛 꽃이 화사하게 피었더구나. 착한 아이였으니까 좋은 곳으로 갔구나 싶어 그나마 위안이 되었다. 또 한 번은 너를 데리고 산책하는 나의 손을 핥아 주었단다. 먼 훗날, 꿈속이 아닌 무지개다리에서 우리 모두 만날 수 있게 되겠지. 그때가 되면 잊지 말고 꼭 마중 나와 주렴.

사랑스러운 아이야! 너는 우리에게 선물 같은 아이였다. 너와 함께 했던 시간들이 말할 수 없이 행복했단다. 네가 아니었다면 모르고 살았을 삶의 소소하지만 소중한 것들을 알게 해주어서 고마웠다. 그리고 너의 아픔을 조금 더 일찍 알아차리지 못해 정말 미안했다. 부디 무지개 너머에서는 아프지 말고, 마음껏 뛰어 놀렴. 기억이 다 하는 순간까지 사랑한다.

인연

# 외출

　굵게 웨이브 진 헤어스타일에 남색 트렌치코트를 걸쳐 입은 J가 카페 안으로 들어섰다. 명품 로고가 박힌 클러치백이 오른손에 들려 있었다. 그녀의 세련된 패션 감각은 여전했다. J는 대학을 졸업하고 몇 년간 다니던 회사를 퇴사했다. 결혼하자마자 남편과 떠났던 유학은 뜻하지 않은 임신으로 3년을 채우지 못하고 끝이 났다. 그녀는 아이를 한 명만 낳을 생각이었지만 어느새 셋으로 늘었다. 큰아이가 중학교에 입학했을 때, 몇 군데 회사에 이력서를 넣었다고 했다. 그러나 세상은 J에게 쉽사리 곁을 내어주지 않았다. 그녀의 취직문제로 남편과 갈등을 겪고 있는 눈치였다.

J는 가족이라는 든든한 울타리가 생기면 무엇이든 할 수 있을 줄 알았는데, 이제는 그 울타리 때문에 아무것도 할 수 없게 된 것만 같다고 했다. 그녀는 결혼과 함께 경력단절녀로 지내온 자신이 과연 오랜 공백을 견뎌낼 수 있을지에 대한 불안감도 숨기지 않았다. J는 유학도, 가족계획도, 취직문제도 그녀의 바람과는 달리 점점 다른 방향으로 흘러가고 있다고 했다. 방금 나온 커피 한 모금을 마시며 숨 고르기를 하듯 그녀가 깊은 한숨을 내쉬었다.

J의 남편은 고액 연봉을 받는 전문직 종사자다. 남편의 직업이 그녀의 안정적인 생활의 큰 원동력이 되었음은 물론이다. 그녀는 수영과 골프를 취미로 즐겼고, 대출금 없이 지은 교외의 주택에서 전원생활을 누렸다. 모든 것이 완벽해 보였다. 그러한 그녀가 이제와서 왜 취직을 하려는 것인지 설명해주지 않았지만 굳이 그 이유를 묻지 않았다.

휴……. 덩달아 한숨이 나왔다. 그녀는 아직도 자신감에 차

있던 이십 대에 머물러 있는 것은 아닐까? 그래서 남편에게 자신의 존재감을 증명해 보이고 싶은 것일까? 그러고 보니 미래를 위해 저당 잡힌 현실을 부여잡고 살았던 우리의 스무 살은 어디로 가버린 것일까? 스무 살의 젊음과 패기는 대체 어디로 사라진 것일까? 누군가의 아내와 엄마로, 며느리와 직장인으로 바쁜 일상을 사느라 이십 대와 삼십 대를 송두리째 잃어버린 것 같았다. 젊은 시절은 그렇게 쏜살같이 지나가고, 그녀와 나는 속절없이 중년을 맞고 있었다.

J와 나는 직장생활의 출발점부터 달랐다. 나에게 직장생활은 선택의 문제가 아니었다. 직장을 다니며 아파트 대출금을 갚기 위해 빠듯한 신혼살림으로 시작했던 나와는 달리, 그녀는 결혼 얘기가 오고 가자 미련 없이 직장을 그만두었다. 임신 때문에 유학 생활을 접긴 했지만 귀국 후 남편이 빨리 자리를 잡은 덕분에 어려움 없이 지냈다.

아마도 그때부터였을 것이다. 그녀가 누리고 있는 것들은 부러움의 대상이 되었고, J를 볼 때마다 마음이 늘 불편했다. 그러던 중 우리 부부에게 고통스러운 현실이 닥쳐왔다. 존 철튼 콜린스의 명언에 "풍요 속에서는 친구들이 나를 알게 되고, 역경 속에서는 내가 친구를 알게 된다."는 말이 있다. 선뜻 도움을 준 고마운 사람들도 많았지만 모진 말로 상처를 주거나 모르는 사람처럼 대하는 이들도 있었고, 그 상황을 이용하려는 이들도 있었다. 그렇게 서서히 주변 사람들과의 관계가 정리되기 시작했다. 우리는 그들로부터 이방인이 되어 처절하게 외롭고 힘든 시간을 보내야 했다. 그때 할 수 있는 일은 그저 시간을 견디는 일뿐이었다.

문득 그때를 떠올릴 때면 궁금해지곤 한다. 부족함이라고는 없는 삶을 살아온 그녀가 나의 결핍된 삶과 타인과의 분리된 관계에서 오는 상실의 아픔을 과연 이해할 수 있었을까? 그녀는 나와 같은 불행을 겪지 않은 사실에 오히려 안도하지는 않았을까?

평소 우리는 상대방을 이해한다는 말을 쉽게 하는 경향이 있다. 타인을 이해한다는 것은 무엇일까? 종종 이해와 공감이라는 단어를 혼동하곤 하는데, 언뜻 생각하면 같은 단어 같지만 다르다. 사전적 의미만 보더라도 이해理解는 '깨달아서 알게 되는 것'이고, 공감共感은 '타인의 감정에 대해 자신도 그렇다고 느끼는 것'을 의미한다. 공감은 이해의 단계를 넘어 상대방과 자신이 같거나 비슷한 상황을 경험했다는 전제가 있어야만 알 수 있는 감정이다. 타인이 겪고 있는 아픔과 고통에 대해서 누구도 쉽게 말할 수 없는 이유다.

『아픔은 나누면 반이 된다는데, 아픔도 나뉘는 것일까?』라는 제목의 칼럼을 읽은 적이 있다. 인간이 겪고 있는 질병의 고통에 대해 타인의 이해가 과연 가능한가를 다룬 글이었다. 저자는 "타인의 경험을 경험할 수 없는 우리가 타인을 이해한다고 말하는 것은 어리석음일지도 모른다. …(중략)… 그저, 간혹 비슷한 고통을 겪은 사람이 자신의 기억에 비춰 상대방을 생각하는 것이 전부일지도 모른다."라고 지적했다.

그 당시 나의 상황을 전혀 공감하지 못한 J의 말은 너무 쉬운 위로가 되었고, 오래도록 상처가 되었다. "때로 열 마디 말이 아닌 잠시의 침묵이 누군가에게 편안함으로 다가올 수도 있다는 것을. 그때, 아마 침묵이 나지막한 위로로 다가옴을 경험했던 것 같다."라는 저자의 마지막 문장은 그래서 더욱 곱씹어 보게 된다.

아이러니하다. 한때 부러움의 대상이었던 그녀가 평범한 직장인을 부러워하고 있으니 말이다. 그녀와 나를 끊임없이 비교하고 저울질해가며 부러워만 했다면 나의 삶은 여전히 10년 전쯤에 머물러 있었을 것이다. 아픔을 겪는 동안 J가 누리는 것들을 그녀의 삶으로 인정하고, 타인을 의식한 삶이 아닌 온전한 나의 삶에 집중하기 위해 부단히도 애썼다. 그러자 어느 순간부터 더는 그녀를 부러움이나 질투의 대상으로 바라보지 않게 되었다. 비로소 타인으로부터 나의 삶이 자유로워진 것이다. 10년이라는 시간은 경제적인 회복뿐 아니라 나 자신을 회복하고 단단해지는 디딤돌이 되었다.

J의 이야기를 담담하게 듣고만 있던 내가 그녀는 서운했을지도 모른다. 그녀의 상황을 전혀 공감할 수 없는 내가 어떠한 말을 하더라도 별 위로가 되지 못한다는 것을 안다. 남편을 설득하

든지 현모양처로 살아가든지 선택하는 것은 어디까지나 스스로 답을 찾아야 하는 그녀의 몫이었다. 지난 세월 나의 삶을 부둥켜 안고 견뎌왔듯 그녀 또한 그럴 일이었다. 그사이 날이 어둑어둑 해지고 있었다. 머지않아 J에게서 훈풍이 들려오기를 기대하며 서둘러 운전대를 잡았다.

**2**

# 어머니의 선인장

# 두레반

친정어머니가 사용하던 두레반이 분명했다. 큰 올케가 이삿짐
정리를 하면서 창고에 따로 보관하던 물건들 속에 뒤섞여 있던
것을 내가 용케 찾아냈다. 주인을 잃은 물건은 윤기마저 잃어버
린 듯 뿌연 먼지를 뒤집어쓴 채 푸석푸석한 모습이었다. 여러 번
옻칠했던 흔적이 하얀 버짐이 핀 것처럼 남아 있었다. 세월의 각
질이 수차례 벗겨지고 덧입혀진 지 꽤 오래됐을 법했다. 물걸레
질하고 두레반을 가만히 살펴보았다.

상판은 열여섯 개의 작은 꽃잎들이 하나로 연결되어 있다. 그
모양이 만개한 한 송이의 붉은 접시꽃 같다. 다리와 연결된 상판

바로 아랫부분은 별다른 문양 없이 둥글게 테가 둘러져 있다. 상판을 떠받친 네 개의 다리는 배흘림기둥처럼 곡선을 타고 내려와 유유히 안쪽으로 모아지는가 싶더니, 잘록한 허리를 휘감아 바깥으로 길고 매끈하게 뻗어 있다. 다리의 발목은 버선코처럼 끝이 봉긋하고 날렵했다. 다리를 떠받치고 있는 족대는 마디마디 짜 맞춘 모양새가 빈틈없이 견고해 보였다. 시선이 다시 상판의 꽃잎 하나에 머물렀다. 아래쪽 한 귀퉁이가 무언가에 긁혔는지 깊게 팬 자국이 허옇게 드러났다. 어머니의 상흔을 마주한 것처럼 가슴 한편이 아릿했다.

어머니가 갓 시집온 새댁이었을 때의 일이다. 시집와서 처음으로 음식을 만들어 시부모한테 올렸을 때 시아버지는 음식을 들지 않은 채로 상을 물렸다고 한다. 다음날도, 그다음 날도 시아버지는 어머니가 만든 음식을 입에 대지 않았다. 홀로 속을 태웠을 어머니는 일찍 돌아가신 친정어머니가 얼마나 그리우면서도 야속했을지, 그 마음이 헤아려지고도 남는다. 그런 일이 있고 나서 시어머니는 어머니에게 음식 만드는 법을 가르치기 시작했다. 음식의 기본은 장맛에 있는 거라며 간장, 고추장, 된장을 담는 법에서부터 김치, 식혜, 탁주 빚는 법, 각종 장아찌와 나물 무침에 이르기까지 호된 시집살이의 연속이었다.

반달도 날을 채우면 보름달이 되어 기우는 법이거늘, 어머니의 달은 쉬이 보름달이 되지 못하는 초승달이었다. 꽉 채운 삼 년을 넘긴 어느 날, 어머니가 만든 음식을 맛보던 시어머니는 아무 말 없이 두레반 위에 그 음식을 올렸다고 한다. 구름 뒤에 웅크리고 있던 초승달이 드디어 보름달이 되는 순간이었다. 아마도 그 순간에 어머니는 깨닫지 않았을까? 두레반 위에 시부모가 드실 제대로 된 음식 하나 만들어 올리는 것이 그토록 힘겨운 일이라는 것을, 음식을 만드는 것은 조미료의 향으로 잔꾀를 부리는 기교가 아니라 시간과 정성을 보태야 하는 일이라는 것을 말이다.

어머니는 시어머니로부터 물려받은 두레반 위에 제철 음식을 소박하게 담아냈다. 봄이 되면 초고추장에 오물조물 버무린 돌나물이나 달래 무침을 맛볼 수 있었다. 여름이면 어머니는 오이

냉채와 애호박전을 부쳐 내왔다. 늦가을에는 들기름에 볶은 고구마 줄기와 동부콩을 넣은 보슬보슬한 햅쌀밥이 올라왔다. 겨울이 오면 부지런히 가을볕에 말려두었던 호박고지 무침, 무말랭이 무침과 시원한 배추 시래깃국이 입맛을 돋우어 주었다. 어머니는 땅속 깊이 파묻은 장독에서 건져 올린 총각김치와 구들장에서 시간을 묵힌 청국장도 끓여 내왔다. 눈발이 분분하게 흩날리던 겨울밤, 뜨끈한 온돌방 아랫목에서 온 가족이 둘러앉아 두레반에 담긴 어머니의 보름달을 삼켰다. 좀처럼 바닥을 드러내지 않는 화수분처럼 계절이 선물한 제철 양식들이 어머니의 동그란 우주 안에 가득했다. 12첩 반상의 진수성찬과는 거리가 멀었지만 정갈했던 어머니의 손맛과 가족에 대한 사랑이 두레반에 담겨 있었다.

부엌 찬장 옆에는 늘 두 개의 두레반이 걸려 있었다. 큰 두레반은 밥상으로, 소반이라 불렸던 작은 두레반은 아버지의 술손님이 찾아올 때 술상으로 사용되곤 하였다. 아버지가 우리의 곁을 떠나던 날, 술상으로 사용되던 소반을 대문 앞에서 보았다.

소반 위에는 하얀 고무신 한 켤레, 몇 푼의 노잣돈, 술이 담긴 잔, 촛대 두 개가 놓여 있었다. 그리고 어머니가 먼 길 가시는 아버지를 위해 눈물로 지었을 하얀 쌀밥 한 그릇도 올려져 있었다. 장례를 치른 후에도 어머니는 한동안 새벽마다 작은 두레반 위에 밥 한술을 떠놓고 두 손을 모아 빌었다. 두레반에 올렸던 세월의 무게를 무심히 버텨온 네 개의 다리처럼, 육남매를 위해 어머니가 홀로 짊어져야만 했던 삶의 무게가 얼마나 버거웠을까……. 그래서였을까? 아버지가 세상을 등지고 난 몇 년 후에 어머니도 같은 길을 떠났다. 어머니가 사용하던 두레반은 큰 올케가 물려받았다. 하지만 그 두레반에서 어머니의 손맛이 느껴지지 않았다.

컴컴한 창고 안에서 갇혀 지낼 뻔했던 두레반이 지금 내 앞에 있다. 어머니의 손때 묻은 두레반을 보고 있으려니 내 마음은 그 옛날 화롯불 위에서 자글자글 졸고 있는 청국장에 가 있다. 오랜 시간 잊고 지냈던 어머니의 손맛이 새삼 그립다. 가족이 음식을 나누며 풀어내던 수다가 두레반 위에 포르르 내려앉았다가 가고, 두레반과 함께 했던 가족의 일상이 기억을 더듬어 수년의 세월을 훌쩍 넘어올 듯하다. 함께 나눈 음식과 가족의 이야기를 고스란히 담고 있는 어머니의 두레반. 두레반에 둘러앉아 어머니의 사랑을 먹고 자란 육남매가 이제는 각자의 식탁에서 자신의 자식들에게 사랑을 나누어주고 있다. 그 모습을 어디에선가 어머니가 흐뭇한 표정으로 내려다보고 있을 것만 같다.

뜨거운 가마 속 1,300℃가 넘는 불구덩이에서 인고의 시간을 견뎌낸 차가운 흙덩이가 옹기로 새롭게 태어나듯, 두레반에 음식을 올리기 위해 고단한 세월을 보낸 어머니의 올곧은 마음과 인내의 지혜를 닮고 싶다. 그 마음과 인내로 인해 마침내 어머니의 초승달이 보름달이 된 것처럼, 나의 삶도 더 단단하고 옹골차게 여물어갈 수 있기를 소원해본다.

# 맷돌

어머니는 맷돌에 콩을 갈기 하루 전부터 물에 담가 불렸다. 물기를 머금은 콩알들이 통통하게 살이 차오르면 커다란 함지박 위에 알파벳 A자 모양의 투박한 나무틀을 올린 다음, 다시 그 위에 맷돌을 올렸다. 드르륵 드르륵. 맷돌 주둥이에 불린 콩알을 한 움큼씩 집어넣고 어처구니를 돌리면 갈린 콩알이 함지박 안에 차곡차곡 쌓였다. 곱게 갈린 콩은 용도에 따라 콩물을 짜고 남은 비지로, 펄펄 끓인 콩물에 간수를 넣어 몽글몽글하게 엉긴 순두부로, 마지막에는 순두부 상태의 콩물을 나무틀에 넣어 단단하게 굳힌 뽀얀 속살의 두부로 변신을 거듭했다.

맷돌은 암수 짝이 있다. 윗돌을 암맷돌, 아랫돌을 수맷돌이라고 하는데 두 개의 돌이 한 쌍일 때라야 제 기능을 할 수 있다. 둘 중 하나라도 없으면 나머지 돌마저 쓸모없게 된다. 맷돌을 돌리기 위해서는 암맷돌의 암쇠 구멍에 수맷돌의 수쇠 꼬챙이를 꽂아서 단단하게 고정시켜야 한다. 고정이 제대로 안 되면 윗돌과 아랫돌이 헐거워져 서로 겉돌게 된다. 두 개의 돌이 한 몸처럼 맞물려야만 곡물이 잘 갈린다. 수쇠가 암맷돌과 수맷돌을 이어주는 이음새인 동시에 중심축인 셈이다.

살아오면서 삶의 이음새가 풀릴 뻔한 적이 여러 번 있었다. 그럴 때마다 위기를 넘기며 버틸 수 있었던 우리 부부의 수쇠는 무엇이었을까? 암맷돌과 수맷돌이 맞물려 서로의 무게와 마찰을 감내하듯, 우리 부부는 좌표를 잃고 표류하던 서로의 인생을 끌어안은 채 힘겹고 고통스러운 긴 시간의 터널을 함께 지나왔다.

정현종은 《방문객》이라는 시에서 한 사람이 온다는 것은 그의 과거와 현재와 미래 그리고 그의 일생이 오는 것이라고 노래했다. 릭 페이지는 "인생은 맷돌이다. 당신이 어떤 사람이냐에 따

맷돌

라 맷돌은 당신을 다듬을 수도 있고 닳게 할 수도 있다."라고 했다.

결혼 후의 나의 인생은 남편의 인생이기도 했고, 반대로 남편의 인생은 나의 인생이기도 했다. 남편의 인생을 지키는 길이 결국은 나의 인생을 지키는 길이었고, 남편의 현재를 지키는 일이 곧 나의 미래를 담보하는 일이었다. 오로지 자신만을 생각했다면 반쪽짜리로 남았을지도 모를 서로의 인생을 묵묵히 지켜주었기에, 서로의 인생을 닳게 하지 않고 잘 보듬고 다듬어 주었기에 부부라는 이름으로 지금까지 올 수 있었다. 인생의 우기와 건기를 함께 지나오면서 서로를 믿고 의지하며 긍휼히 여겼던 마음이 우리 부부의 수쇠는 아니었을까?

작고 여린 콩알이 두부가 되려면 암맷돌과 수맷돌이 수천 번 돌고 돌며 마찰을 견뎌야 한다. 그런 다음, 곱게 갈린 콩물을 솥에 넣어 끓이고 거르고 굳히는 기다림의 과정을 거쳐야만 맷돌의 마찰이 빚어낸 화해의 맛이요, 궁극의 맛인 하얀 두부를 맛볼 수 있다.

남남이 부부로 만나 합슴을 맞춰가려면 삐걱거리며 갈등을 겪을 수밖에 없다. 다투고 풀고 다시 다투는 냉전과 화해를 반복하는 지난한 인고의 시간이 필요하다. 그래야 모난 돌이 거친 밀물과 썰물에 씻겨 동글동글하게 닳고 닳은 몽돌이 되어 가는 것이다. 인생이라는 맷돌은 늘 같은 자리를 맴도는 것 같지만 실은 가랑비에 옷이 젖듯 천천히 연륜이 쌓여가는 것이다. 삶의 향기가 점점 더 깊어가는 것이다. 두 개의 돌이 단짝으로 만나 맷돌이 되었듯 어쩌면 부부는 살아가는 동안 평생 각자의 가슴에 맷돌 하나씩 품고 살아가는 관계인지도 모른다. 배우자를 반려자 즉, 짝이 되는 사람이라고 하는 건 그 때문은 아닐까?

어머니의 수고로움으로 마침내 두부가 완성되면 동네 이웃들을 불러 모아 소박한 잔치가 벌어지곤 했다. 걸쭉한 막걸리와 김이 모락모락 피어오르는 따끈한 순두부, 파를 송송 썰어 넣은 양념간장, 무심하게 뚝뚝 썰어놓은 두부와 김치가 한 상 가득 차려졌다.

어렸을 적에는 입에도 대지 않았던 순두부의 맛이 고소하고 담백하게 느껴지는 것은 입맛이 변한 것일까 아니면 나이 탓일까? 옹졸하고 철없던 생각들이 상대에게 못 이기는 척 맞춰주려는 것을 보면 나이를 먹어가면서 이제야 철이 드는 모양이다.

# 복조리 福笊籬

한 해를 보내고 새해를 맞이할 즈음이면 마을 청년회에서는 집집마다 조리를 돌렸다. 조리값은 하루 이틀 후에나 받으러 왔다. 복을 사는 것이라 하여 조리의 가격은 깎지도 않았지만 그렇다고 일정하게 정해진 금액도 없었다. 성의껏 내면 되었다. 조리는 대나무를 가늘게 쪼갠 죽사竹絲를 엮어 쌀을 이는데 사용했던 주방 도구로, 정초에 새로 장만하는 조리를 특별히 복조리라고 불렀다.

어머니는 복조리 두 개를 붉은색 끈으로 X자 형태로 묶은 다음, 안방 입구에 걸고 동전 몇 개를 넣어 두었다. 집안에 재복財

福이 깃들기를 기원하는 의미에서였다. 이와 같은 의미가 생기게 된 데에는 조리가 쌀알과 돌을 분리하듯 필요한 것만 걸러내는 기구였기 때문이다.

아침, 저녁으로 밥을 지을 때마다 어머니는 조리질을 했다. 쌀을 일 때는 손목의 힘 조절을 잘해서 물살의 세기를 느껴야 한다고 했다. 손목의 힘을 이용해서 한쪽 방향으로 쌀을 일면 물살을 타고 쌀알이 떠오르는데, 이때 물 위에 뜨는 쌀알들이 조리 안에 소복하게 쌓이고 무거운 돌 알갱이는 밑으로 가라앉았다. 조리질 후 바닥에 남은 쌀알과 돌 알갱이는 플라스틱 바가지의 울퉁불퉁한 굴곡을 이용해 다시 한번 걸렀다.

어머니는 쌀을 일 때만 조리를 사용했던 것은 아니었다. 조리도 용도별로 있어서 참깨 혹은 팥과 같은 다양한 곡류를 물에 불렸다가 물 위에 뜬 불순물을 가려낼 때는 올이 조금 더 촘촘한 조리를 사용하였다. 반면, 솥단지에서 팔팔 삶은 국수를 엉키지 않게 저어 건져 올릴 때 사용했던 조리는 올이 성글었다.

조리는 철재로 만든 것도 있었지만 어머니는 주로 대나무로 만든 조리를 사용하였다. 대나무로 만든 조리가 물이 잘 빠지는

복조리

이유도 있었지만 조리 꽁무니가 지지대 역할을 하며 무게중심을 잡아주어 조리질할 때마다 손목에 힘이 덜 들어가기 때문이었다. 꽁무니가 부러지거나 닳고 닳아 짧아지게 되면 어머니는 적당한 길이의 나무막대를 꽁무니에 단단히 묶어 낡은 조리의 수명을 연장해 주었다. 어머니의 귀가가 늦어지는 날에는 어린 내가 밥을 지어야 했다. 서툰 조리질 솜씨로 조리 안에는 쌀알이 제대로 담기지 않았다. 이리저리 손목을 돌려가며 조리질을 해보아도 쌀알에 돌이 섞여 들어가기 일쑤여서 결국에는 손으로 일일이 골라내는 수밖에 없었다.

어머니가 밤낮으로 조리질을 해서 따뜻한 한 끼의 밥을 지어주던 그때, 밥상에서 돌을 씹는 일은 흔한 풍경이었다. 어머니의 수고로움을 아는 까닭에 누구 하나 불평하는 일도 없었다. 지금은 돌 고르는 기계가 있다 보니 쌀에 돌이 섞여 들어가는 일은 없다. 가정에서 끼니때마다 조리질해서 밥을 짓는 모습도 자연스레 오래전의 일이 되었다. 그 시절 어머니의 조리질을 이제는 기계가 대신해서 알곡과 쭉정이를 구별해주고 있는 셈이다.

지나온 세월을 돌아보면 순탄하지만은 않았던 시간이었다. 시리고 맵싸했다. 시련의 풍랑에 중심을 잡지 못하고 이리저리 흔들리기도 하였다. 조리질할 때마다 손목의 힘에 따라 물살의 강약을 잘 조절해야 한다는 어머니의 잔소리를 흘려듣지 않았다면 거친 삶의 이랑을 조금은 쉬이 건널 수 있었을까? 손목에 힘을 세게 주는 바람에 강한 물살을 타고 쌀알과 돌이 마구 섞여 들어가기도 하였고, 더러는 너무 힘을 빼다 보니 조리가 물살을 겉돌기만 할 뿐 그 안에 좀처럼 뽀얀 쌀알이 담기지 않았다.

그러고 보면 삶을 살아내는 매 순간 마음의 힘을 잘 조절했어야 했다. 능숙한 조리질로 쌀알과 불순물을 분리해서 골라 담아야 할 것과 골라내야 할 것을 가려내듯, 마음의 조리질에도 힘을 주어야 할 때와 적당히 힘을 빼야 할 때를 알았어야 했다.

자만과 고집만을 내세운 조리질로 무심코 놓쳐버린 쌀알 같은 소중한 인연들이 있다. 마음속 조리 안에 담고 왔어야 할 인연들이었다. 그런가 하면 쌀알 중에 미처 골라내지 못한 돌 알갱이 같은 아픈 인연들도 있다. 그 돌덩이는 오래전에 버렸어야 할 누군가를 향한 미움과 원망이었다. 엉기거나 성긴 인연들을 지금껏 잘 보듬어 왔다면 더 많은 좋은 사람들을 곁에 둘 수 있었으리라. 모든 것이 서툰 조리질 탓이다. 이제라도 응어리진 돌덩이를 골라내고, 알토란 같은 쌀알들을 조리질하여 새로운 복조리에 소담하게 담아볼 일이다.

# 꽃상여

마을의 외진 곳에 허름한 상엿집이 있었습니다. 초등학교에 다닐 때만 하더라도 마을마다 상엿집이 으레 하나씩 있었지요. 슬레이트 지붕 아래에 나지막한 토담을 둘러 서너 평 남짓한 곳에 상여를 보관하였습니다. 상여 외에도 종, 만장, 상여꾼이 상여를 멜 때 입는 굴건제복 등 낯선 장례용품들이 가득했습니다. 마을의 공동장례용품 보관소였던 셈이었지요.

상을 당한 상주와 가족들은 곡을 하여 이웃에게 초상이 났다는 것을 알렸습니다. 마을 사람들은 망자가 살던 집 대문 앞에 조등을 걸어 장례 치를 준비를 하였습니다. 상엿집에서 상여를 가져와 종이꽃으로 장식하고, 장례식이 끝나면 도로 그곳에 넣어두곤 하였습니다. 상여를 새로 들이는 날이면 상엿집 앞에 술과 음식을 차려놓고 어른들만의 조용한 의식을 치르기도 했습니다. 꽃상여를 멨던 상여꾼들은 하나둘씩 세월과 함께 늙고 병들어 자신이 메던 꽃상여를 타고 알 수 없는 길로 떠났습니다. 종일 신나게 놀다가도 해가 산허리로 넘어갈 즈음이면 동네 아이들은 상엿집이 있는 곳에는 발걸음을 하지 않았습니다. 시간이 걸리더라도 멀리 돌아가는 길을 택했지요. 상엿집에 관한 괴담 한두 가지는 듣고 자랐으니까요. 그러면서도 왠지 상여를 타고 떠나가는 그 누군가를 더는 볼 수 없다는 슬픔에 콧잔등을 훔치기도 했습니다.

상여가 사방 오색 종이꽃으로 뒤덮였습니다. 장식이 끝난 꽃상여를 보고 있자니 상여에 대해 그동안 가지고 있었던 막연한 두려움은 어느새 사라지고 없었습니다. 어머니를 잃은 슬픔과는 반대로 눈앞에 있는 꽃상여는 더없이 화려하기만 했으니까요. 망자가 저승길 갈 적에 초라하지 말라고 한껏 치장한 꽃상여에 태워 보내는 것이겠지요. 어머니는 돌아가신 후에야 호사를 누리게 되나 봅니다.

마을 상조회 회원들이 어머니를 꽃상여에 모실 때 그동안 참아왔던 서러움이 북받쳤습니다. 그런 내 마음을 알기라도 한 듯 태양은 구름 뒤로 숨어버리고, 자그마한 새 한 마리는 지붕 위를 빙빙 돌며 자리를 떠날 줄을 몰랐습니다. 혹여 그 새가 생전에 정이 많고 다정했던 아버지는 아니었을까요? 먼 길 떠나려는 어머니를 위해 마중 나온 것은 아니었을까요?

엷은 미소를 머금은 어머니의 영정사진 앞에서 자식들은 순서대로 절을 올렸습니다. 발인제가 끝나자 상여꾼들이 꽃상여를 멨습니다. 펄럭이는 만장을 앞세우고, 종을 든 소리꾼이 구슬픈 만가輓歌를 부르며 장지로 향했습니다. 소리꾼의 선창에 맞추어 상여꾼들은 뒷소리로 주거니 받거니 화답하며 망자를 떠나보낼 채비를 했습니다. 그 뒤로 굴건제복을 입은 육남매와 마을 사람들의 행렬이 길게 이어졌습니다. 상여에 매달린 오색 장식들이 사월의 꽃비가 되어 바람을 타고 하염없이 흩날렸습니다.

긴 행렬이 신작로로 막 접어들 무렵, 두고 가는 자식들이 마음에 걸렸는지 꽃상여가 움직이질 않았습니다. 그러자 앞서가던 소리꾼이 부모가 저승길 갈 적에 노잣돈이 적으면 불효자라고 호통을 쳤습니다. 노잣돈이 넉넉해야 좋은 곳으로 간다고도 했습니다. 소리꾼의 말이 농이라는 걸 알면서도 그 소리가 참으로 매정하고 야속하게만 들렸습니다. 꽃상여가 멈출 때마다 상주인 큰오빠가 큰절을 올리고 새끼줄에 얼마간의 노잣돈을 찔러 넣어야 겨우 몇 걸음 움직였습니다. 그러다가 얼마 못 가서 꽃상여가 다시 멈추어 섰습니다. 처음부터 노잣돈을 넉넉히 받아내고야 말겠다는 심산이었나 봅니다. 길바닥에 주저앉아 술과 안주를 내오라고 고함을 치는 소리꾼의 모습이 떼를 쓰는 아이인 양 밉살맞게 보였습니다. 노잣돈을 두고 소리꾼과 상주 사이에서 힘겨루기라도 하듯 꽃상여는 더디게 한 걸음 한 걸음 장지를 향해 나아갔습니다.

장지까지는 어른 걸음으로 십오 분 정도면 닿을 거리임에도 어머니는 남은 미련이 많았나 봅니다. 그럴 테지요. 칠십 평생 육남매를 키우며 쏟아낸 눈물이 얼마나 많았을까요. 아버지 없이 홀로 눈물의 세월을 보내며 이제야 번듯하게 일구어놓은 새 양옥집과 전답, 자식, 손자, 손녀, 며느리까지……. 이승에 두고 가는 어느 것 하나 소중하지 않은 게 없었겠지요. 어머니는 이 모든 것들을 오롯이 새겨가고 싶었나 봅니다. 고생 끝에 언젠가 낙이 온다는 옛말도 그 순간만큼은 공염불처럼 허무하고 덧없게 느껴졌습니다. 꽃상여를 타고 가는 사람이 내 어머니였으니까요.

　몇 차례 노제路祭를 더 지내고 마침내 장지에 도착한 꽃상여는 먼저 가신 아버지와 합장을 하기 위해 봉분을 다지는 동안 다음 의식을 기다렸습니다. 아버지는 동쪽에 어머니는 서쪽에 나란히 묻혔습니다. 홀로 어머니를 기다렸던 아버지도 이제는 덜 외로울 테지요. 발그레하게 달아오른 수줍고 떨리는 마음으로 어머니의 옷고름을 풀었을 아련했던 첫날밤처럼 오랜만에 두 분이 만나 술잔을 기울이며 긴 회포도 풀겠지요.

　옛말에 천붕天崩이라고 했던가요? 하관이 시작되자, 말 그대로 하늘이 무너지는 것처럼 가슴이 미어지고 머릿속이 아득했습니다. 무겁게 내려앉은 침묵을 깨고 여기저기에서 탄식과 울음소리가 흘러나왔습니다. 마을 지관地官이 예를 갖추고 구의柩衣와 명정銘旌으로 관을 반듯하게 덮었습니다. 상여꾼들은 관이 움직이지 않도록 단단하게 달구질을 했습니다. 큰오빠의 삽토插土를 시작으로 자식들이 번갈아 가며 관 위에 흙을 뿌렸습니다. 삽토가 끝나자 기다렸다는 듯 굴착기가 집어삼킬 기세로 흙을 푹푹 퍼서 관을 덮었습니다. 하관할 때까지의 엄숙함은 온데간데 없었습니다.

텅 빈 꽃상여 옆으로 어머니의 체온이 남아있을 것 같은 낡은 옷가지와 이불이 수북이 쌓여 있었습니다. 어머니가 평소 즐겨 입던 옷 한 벌을 따로 챙기려고 할 때였습니다. 마을 아주머니가 망자가 생전에 아끼던 물건은 꽃상여와 함께 태워 보내주는 거라며 저를 말렸습니다. 먹먹한 서러움을 꾹꾹 삼켰습니다.

떼를 입혀 봉분의 모양새가 어느 정도 갖추어지자 달구질을 하던 상여꾼들이 장지까지 메고 왔던 꽃상여를 해체하기 시작했습니다. 큰오빠가 해체된 꽃상여와 옷가지, 이불 더미에 불을 놓고는 저만치 물러나서 담배 한 개비를 피워 물었습니다. 지금껏 소리 내어 울지 못하고 있던 큰오빠의 축 처진 어깨가 가볍게 들썩였습니다. 상주로서 다른 자식들과는 또 다른 상념에 잠겨 있을 큰오빠를 그저 먼발치에서 바라보았습니다. 큰오빠에게도 어머니를 떠나보낼 시간이 필요했을 테니까요. 사흘 동안 입고 있던 굴건제복도, 유품으로 챙기려던 어머니의 정장 한 벌도 불 속으로 망연히 던져졌습니다. 어머니에게 자식으로서 미안했던 마음도 후회스러웠던 마음도 모두 불 속으로 던져 넣었습니다. 이승에서 칠십 평생 고단했을 어머니의 삶의 흔적들이 타오르는 연기와 함께 어디론가 홀연히 사라지는 것 같았습니다.

사람이 세상을 사는 일과 떠나는 일은 어쩌면 같은 것일지도 모르겠습니다. 생애 가장 기쁜 날에 타는 꽃가마와 슬픈 날에 타는 꽃상여가 서로 다른 듯 닮아있듯이 말입니다. 어머니는 시집 오던 날에도 타보지 못한 꽃가마를 이제야 타고 갑니다. 이제라도 꽃가마에 올라탄 어머니는 기쁘셨을까요?

# 다듬이질

추석을 앞두고 어머니는 일일이 실밥을 뜯어 홑청과 이불솜을 분리해서 빨고 삶았다. 이불솜은 방망이로 두들겨 묵은 먼지를 털어냈다. 밀가루 풀을 먹여 빨랫줄에 널어놓은 이불 홑청이 마르면 물을 축여 빨랫보로 싼 다음 물기가 골고루 스며들도록 뜸을 들리고는 발로 밟아주었다.

큰 주름이 어느 정도 펴지면 차가운 다듬잇돌 위에 홑청을 반듯하게 접어 올려놓고 어머니는 다듬이질을 시작했다. 자근자근 방망이를 두드리며 시작된 다듬이질은 서서히 절정에 다다를 때면 휘몰아치듯 요란스럽다가 이내 체념한 듯 숨 고르기를 반복했다. 어머니는 오랜 노동의 시간을 좀먹던 이불 홑청에서 치열한 삶의 온기라도 느꼈던 것일까? 끝은 또 다른 시작이라고, 자식들을 두고 갈 수 없다는 절망감은 어머니의 가슴에 새로운 희망으로 차올랐다. 어머니는 삶의 고단함과 응어리진 서러움의 한을 밤새 토해내어 끝없이 이어진 다듬이질 소리에 실어 보냈다.

다음날이면 이불 홑청의 구김은 말끔하게 펴져 부드러운 촉감에 윤기가 흘렀다. 다듬이질이 끝난 하얀 홑청으로 새로 단장한 이불을 장롱에 차곡차곡 개켜 얹고 어머니는 쓸쓸하게 미소를 지어 보였다. 견디다 보면 당신의 삶도 언젠가는 반짝반짝 빛이 날 거라고 기대했을 미소였으리라.

어머니의 다듬잇돌이 베란다 한쪽을 차지하고 있다. 위쪽은 완만한 곡선으로 다듬어 매끈하다. 아래쪽은 다듬지 않은 거친 화강암의 단면 그대로다. 그 단면의 네 귀퉁이에 짧은 다리가 있어 무게의 균형을 잡도록 했고, 손으로 들어 올릴 수 있도록 양쪽에 홈이 있다. 꽃 같던 열여덟 살 순애 씨와 시집살이를 함께 해온 다듬잇돌. 안으로 고인 응어리진 아픔을 그 누구에게도 열어 보이지 못하고 다듬이질로 풀어헤치며 긴 세월을 견뎌왔을 어머니. 화강암의 무게만큼이나 한 여인의 삶을 관통하여 속절 없이 흘러가 버린 묵직한 세월이 다듬잇돌에 그대로 담겨있다는 것을 나는 안다. 모진 시절을 살아낸 어머니의 단단한 삶의 질곡 을 고스란히 품고 있는 다듬잇돌이 주인 없는 훈장처럼 느껴지 는 이유다.

퍼덕이는 마음을 접어 다듬잇돌 위에 올려 놓아본다. 별빛이 쏟아지던 어느 해 가을밤, 홑청을 다듬이질하던 어머니를 회억 回憶하며 가만가만 다듬이질을 해 본다. 다듬이질할 때는 양쪽 손목의 힘의 균형과 속도를 잘 조절해야 한다. 그렇지 않으면 멀 쩡한 홑청에 구멍이 나기도 하고, 방망이가 다듬잇돌에 부딪히 는 충격으로 손목에 전해지는 통증을 감수해야 한다. 뻣뻣하게 성난 이불 홑청의 올을 순하고 윤기 나게 했던 것은 노련하고 숙련된 어머니의 다듬이질 솜씨였다. 솜씨는 마음의 길들임에서 나오는 것이다.

사는 일이 어찌 이와 다를까? 수천 번의 방망이질을 거쳐야 이불 홑청의 구김이 말끔하게 펴지듯 마음을 잘 길들여야 얼굴도 삶도 구김살이 펴지지 않겠는가. 그래야 소박한 우리 인생에도 빛나는 순간이 오지 않겠는가.

오랜 세월 생채기가 되었던 원망이나 미움을 내려놓을 줄 아는 유연함과 지혜로 영근 어머니의 마음 질質에 언제쯤 닿을 수 있을까?

다듬이질

# 어머니의 선인장

이른 아침부터 전화벨이 울렸다. 둘째 올케였다. 어머니가 돌아가셨다며 울먹였다. 순간 머릿속이 하얘졌다. 간단한 옷가지를 챙겨 급히 장례식장으로 향했다. 고속도로를 달리는 내내 머릿속은 온갖 생각으로 가득 찼다. 자식으로서 어머니의 임종을 지켜보지 못했다는 죄스러움과 며칠 전 통화를 하다가 다퉜던 일이 마지막이 되었다는 죄책감에 쉴 새 없이 눈물이 흘렀다.

장례식장은 읍내에서 약간 외진 곳에 있었다. 추적추적 내려앉기 시작한 비 탓에 주차장에서 장례식장으로 통하는 길은 어둡다 못해 으스스한 기분까지 들게 했다. '장례식장'이라고 쓰여 있는 낡은 표지판이 눈에 들어왔다. 그것이 마치 나와 어머니를, 삶과 죽음을, 이승과 저승을 구분해놓은 이정표처럼 느껴졌다. 빈소에서 엷은 미소를 머금고 있는 영정사진을 확인한 후에야 비로소 어머니가 더는 이 세상 사람이 아니라는 실감이 났다. 영안실 안에 유위有爲했던 어머니의 육신이 허망하게 스러져 있었다. 어머니의 얼굴은 깊게 팬 주름으로 가득했지만 이승에서의 짐을 이제야 내려놓았다는 듯 편안해 보였다. 어머니의 삶도 저러했다면 얼마나 좋았을까?

흐드러지게 핀 하얀 벚꽃이 질 무렵, 어머니는 자식들의 곁을 홀연히 떠났다. 장례식이 끝나고 다른 가족들은 일상으로 돌아갔지만 남편과 친정집에 남아 유품을 정리하기로 했다. 어쩐 일인지 치마 정장 한 벌이 옷장에 걸려 있었다. 막내 올케가 사드린 옷이었다. 어머니와 백화점에 간 일이 있었다. 어머니는 마음에 드는 옷이 없으니 그냥 가자며 까닭 모를 고집을 부렸다. 두 시간가량 백화점을 돌아다니다가 결국엔 옷을 사지 못하고 돌아왔다. 다음날, 막내 올케가 투피스를 사드렸더니 좋아하면서 시골집으로 내려갔다고 했다. 그 일을 두고 어머니와 통화를 하다가 말다툼을 했다. 딸이 사드린다는 옷은 마음에 들지 않는다고 하더니, 며느리가 사드린 옷을 좋아했다는 사실이 내심 서운했던 것이다. 하지만 딸이 힘겹게 직장생활을 해서 번 돈으로 비싼 옷을 얻어 입는 것이 미안했고, 아들이 번 돈으로 며느리가 사준 옷을 입는 것은 덜 미안해서 그랬다는 사실을 그때는 미처 깨닫지 못했다.

주머니에 흰색 무명실로 듬성듬성 꿰맨 낡은 지갑이 들어있었다. 지갑에서 빛바랜 사진 한 장이 나왔다. 풋풋했던 대학교 일학년 때의 내가 수줍게 웃고 있었다. 어머니한테 송곳처럼 뱉어버린 말들과 사진 속의 얼굴이 희미하게 겹쳤다. 마당으로 나와 보니, 주인을 잃은 화단에는 선인장이 시들어가고 있었다. 물을 주려다 말고 바닥에 주저앉아 울고 말았다.

어머니는 화단에 다양한 선인장과 화초를 키웠다. 오일장에서 사 온 투박한 질그릇이나 토분에 선인장을 종류별로 심었다. 평범한 선인장이었지만 어머니의 손길이 닿으면 어딘지 모르게 특별해 보였다. 화단에는 선인장을 심은 화분 외에도 접시꽃, 봉숭아, 나팔꽃, 작약과 같은 꽃들이 철마다 화려하게 피었다가 졌다. 어렸을 적에는 그저 어머니가 좋아서 하는 일이라고 생각했는데, 이제는 어렴풋이 알 것도 같았다. 어머니가 화단 가꾸기에 정성을 쏟았던 것은 시어머니와 남편 그리고 외삼촌에 대한 원망을 삭히는 유일한 방법이었을 거라는 것을.

어머니는 부유한 집안의 맏딸로 태어났지만 전쟁으로 부모님을 잃고 외삼촌댁에서 지내면서 많은 설움과 고생을 겪었다고 했다. 외삼촌은 열여덟 살 어린 어머니에게 이불 한 채 들려 시집을 보냈다. 시어머니는 그런 어머니에게 모진 시집살이를 시켰다. 식어버린 차가운 부뚜막에 홀로 앉아 물밥을 먹기도 했다. 시어머니 앞에서 드러내놓고 울 수도 없었다. 삼대독자였던 아버지는 어머니를 두둔하고 나서주지 않았다. 어려울 때 찾아갈 친정이 없는 딸로서, 삼대독자 며느리로서, 자식 떼어놓고 제 한 몸 편하자고 집을 나간 못된 어미라는 손가락질을 받기 싫어서 얼마나 마음고생을 했을지…….

마음 기댈 곳 없던 어머니는 그나마 화단을 가꾸는 일에 재미를 붙여가며 그 시간들을 견뎠으리라. 그러고 보니 눈앞에 있는 선인장은 어머니의 고단했던 지난 삶의 증거인 셈이었다. 긴 세월 동안 깊은 한숨과 눈물이 고스란히 배어있는 선인장을 보고 있으려니 어머니의 삶이 허전한 가슴을 쓸쓸하게 훑고 지나갔다.

장례식을 마치고 한동안 꼼짝하기가 싫어졌다. 그 사이 베란다에 가득했던 다육이와 친정집에서 챙겨온 선인장들이 서서히 말라가고 있었다. 초겨울이 되었을 때, 그대로 두면 죽겠다 싶어 살만한 화분 몇 개를 골라 거실에 들여놓고는 물을 주고 햇볕도 쬐어주었다. 그런데 뿌리가 썩는 녀석이 생겨나고, 새순도 힘없이 뚝뚝 끊겨나갔다.

겨울이 봄을 불러들일 무렵, 베란다 청소를 하다가 죽은 줄로만 알았던 다육이와 선인장이 올망졸망 새끼를 친 것을 보았다. 거실에서 따스한 온기를 받으며 때가 되면 물을 양껏 받아 마셨던 녀석들도 죽어버린 마당에 베란다에 방치되었던 다육이와 선인장이 살아난 것이다. 지난해 겨울, 혹시나 하는 마음으로 물을 주었을 뿐인데 그 한 번의 물을 받아 마시고는 매서운 추위와 주인의 무관심을 버텨낸 것이다.

화분에 내려앉은 묵은 먼지를 닦아주고 볕이 잘 드는 쪽으로 옮겨주었다. 그러다 문득 시어머니의 시집살이도 끝났고, 역성한번 들어주지 않았던 남편과 설움을 주었던 외삼촌도 없는데, 어머니는 왜 그토록 선인장 키우는 일을 손에서 놓지 않았을까 하는 생각이 들었다. 힘들게 뒷바라지해가며 키운 부모의 은공도 모르고 스스로 큰 줄로 아는 자식들에게 상처받은 마음을 여전히 선인장을 키우며 위로받았던 것은 아니었을까?

이리저리 화분을 옮기다가 선인장 가시에 손가락을 찔렸다. 며느리로서, 아내로서, 어머니로서 그리고 수없이 포기하고 살았을 여자로서의 아픔과 서러움이 가시에 찔린 손가락처럼 아릿하게 전해져오는 것만 같았다. 어머니가 선인장을 키우며 자신을 다독이면서 거친 세월을 견뎌왔던 것처럼 내 앞날에 닥쳐올 시련들을 잘 헤쳐 나갈 수 있을까? 삶이 주는 상처를 비껴갈 수는 없으리라. 그럴 때마다 조금은 더 단단해질 앞으로의 삶을 기대해본다.

어머니의 선인장

# 이불 홑청

볕 좋은 가을이다. 햇살이 별처럼 쏟아져 내릴 것 같다. 이런 날이면 그동안 미뤄놓았던 빨래를 삶아 빨아 널기 바쁘다.

후각으로 기억하는 어린 시절 중에 빨래 삶는 냄새가 있다. 갓 삶아 햇볕에 말려 빳빳해진 이불 홑청에서 풍기는 냄새는 어머니의 손길처럼 마음을 풍요롭게 해 주었다. 빨래 건조대에 매달려 볕에 그을린 뽀얀 옷가지들을 보고 있으려니 기분까지 개운하다.

긴 장마철이 끝나갈 즈음이면, 책을 포쇄曝曬하듯 후드득 이불 홑청의 솔기를 뜯어 눅눅해진 솜이불을 햇볕에 널어 말리고 먼지를 털어내면서 어머니의 겨울나기가 시작되었다.

어머니는 커다란 들통에 애벌빨래한 이불 홑청을 넣고, 하얀 가루세제를 풀어 푹푹 삶았다. 시커먼 거품이 끓어올라 들통 밖으로 흘러넘치면서 빨래 삶는 냄새가 집안 가득 퍼졌다. 더운 수증기를 쐬어가며 들통 앞을 지키는 동안 어머니는 낡은 석유풍로 위에 양은냄비를 올려놓고 풀물을 끓였다. 뽀얗게 삶아 빤 홑청에 푸새를 먹여 줄에 널면 축 늘어졌던 빨랫줄이 양쪽으로 팽팽하게 당겨졌다. 바지랑대가 잔뜩 풀 먹은 홑청의 무게를 견디지 못하고 앞뒤로 휘청거리다가 중심을 잡았다.

서산으로 해가 기울면서 볕이 마루 안쪽까지 깊숙이 들이쳤다. 유년의 반항심이 따사로운 가을볕에 위로라도 받듯 나는 마루 끝에 엉덩이를 걸치고 앉아 얌전히 홑청이 마르기만을 기다렸다. 시간이 지날수록 홑청은 축축하고 미끈거리는 풀기가 점차 가시면서 꾸덕꾸덕해졌다. 거의 다 말랐겠다 싶을 즈음, 어머니의 눈을 피해 바람이 불려놓은 이불 홑청 사이를 헤엄치듯 이리저리 헤집고 다녔다. 햇살을 한껏 머금어 까슬까슬해진 홑청에서 은은한 향내가 풍겨왔다.

어머니는 빨랫줄에서 막 걷어온 홑청을 마루에 펼쳐놓고 입 안 가득 머금은 물을 푸우 하고 연거푸 내뿜었다. 그러고 나서 물 축인 홑청을 차곡차곡 접어 천에 싼 다음 물기가 퍼지도록 얼마간의 뜸을 들였다. 어느 정도 시간이 지나고, 어머니는 네 귀퉁이의 솔기를 맞추어 접더니 나를 불러 앉혀놓고 양쪽에서 맞잡은 솔기를 어긋어긋하게 밀고 당겼다. 그럴 때마다 허망하게 솔기를 놓쳐버리거나 어머니한테 맥없이 끌어당겨지곤 했다. 어머니는 홑청을 다시 빨랫보에 꽁꽁 싸서 바닥에 놓고는 뒷짐을 지고 서서 발로 자근자근 밟아주었다. 그래야 뒤틀린 올이 잡히면서 구김살이 잘 펴진다고 했다. 이 과정이 끝나면 비로소 다듬이질이 시작되었다.

오랜 시간 어머니의 매운 손맛을 본 방망이는 손잡이 부분이 반들반들 잘 길들어 있었다. 가운데 부분은 봉긋하게 살이 올라 있고, 양 끝으로 갈수록 가늘고 매끈했다. 차가운 다듬잇돌 위에 풀 먹인 홑청을 반듯하게 접어 올려놓고, 어머니는 손바닥에 침을 두어 번 퉤퉤 뱉고는 방망이 손잡이에 쓱 발랐다.

'또그닥 따그닥, 또그닥 따그닥.'

쉴 새 없이 내리치는 방망이는 여섯 박자의 규칙적인 간격을 두고 맑고 청아한 소리를 내며 리드미칼하게 리듬을 타기 시작했다. 식구들은 이미 잠든 시각, 건너편 마루에서 들려오는 어머니의 다듬이질 소리는 밤이 이슥하도록 이어졌다.

밤새 볼기짝을 흠씬 두들겨 맞은 이불 홑청은 아침이면 풀기가 골고루 스며들어 제법 윤기가 나고 구김도 몰라보게 펴져 있었다.

안방에서 어머니가 커다란 반짇고리함을 내왔다. 순간 눈이 휘둥그레졌다. 재단용 가위, 쪽 가위, 플라스틱 실패꽂이에 감긴 형형색색의 실, 프릴 달린 하트모양의 바늘꽂이, 크기별로 잘 정돈된 바늘, 시침핀, 옷핀, 검은색 고무줄, 헝겊으로 만든 앙증맞은 골무, 동그랗게 말린 빨간색 눈금의 줄자, 구멍이 2개 혹은 4개짜리 크고 작은 모양의 단추, 색동 베갯잇, 올 풀린 겹겹의 헝겊 조각들이 그 안에 가득했다. 반짇고리함은 어머니의 작은 공방이었다.

바늘귀에 명주실 꿰는 일을 어머니는 늘 내 몫으로 남겨놓았다. 실 끝에 침을 살짝 바른 다음 엄지와 검지로 또르르 가볍게 말아 가늘어진 실 끝을 한 번에 바늘귀에 꿰었다. 어머니는 검지에 골무를 낀 채 솜이불 위에 새로 끊어온 겉감을 포개어 듬성듬성 시침질을 해주었다. 이불의 전체적인 모양이 잡히면 다듬이질이 끝난 홑청을 주름 없이 마룻바닥에 펼쳐놓았다. 시침질을 마친 솜이불을 하얀 이불 홑청 위에 얹고, 모서리의 시접을 새 발톱 모양으로 솔기 처리를 한 다음, 솜이불의 겉감과 홑청 2겹을 붙여 드물게 홈질을 해주었다. 이불깃을 따라 오른쪽에서 왼쪽으로 한참 동안 바느질을 하면서 어머니는 날카로운 바늘 끝으로 머리를 쓱쓱 긁기도 하고, 이따금 허리를 길게 펴기도 하였다.

어머니의 공방에 마음을 빼앗긴 나는 진귀한 보물들을 구경하며 지루한 시간을 보냈다.

낡은 솜이불이 마침내 붉고 고운 새 옷으로 갈아입었다. 어머니가 화단에 가꾸어 여름철마다 피었다가 지곤 했던 접시꽃을 고스란히 옮겨다 놓은 듯 솜이불 위에 온통 화려한 꽃 잔치가 열렸다.

"엄마, 이불에서 좋은 냄새가 나는 것 같애."

코를 킁킁거리며 냄새 맡는 시늉을 했다. 겉으로 풍기는 것이 밀가루 풀 향내였다면 삶아 빤 이불 홑청에서 나는 사그락거리는 쾌청한 느낌은 그것과는 분명 달랐다. 뭔지 모를 따스한 순풍이 가슴 한편에 차올랐다. 나는 신이 나서 이불 위를 이리저리 뒹굴었다.

어머니는 솜이 죽는다며 야단을 치면서도 이제 막 새로 단장한 솜이불 위에서 처음으로 나뒹구는 호사를 허락해주었다. 어머니는 솜이불 하나에 신이 난 딸의 모습을 그저 흐뭇한 표정으로 바라보았다. 시리도록 길고 추운 겨울, 솜이불이 뜨끈한 아랫목처럼 자식들을 따뜻하게 덮어 주리라는 생각에 며칠간의 수고로움도 잊은 까닭이었을 게다.

어머니의 삶 속에서 오랜 애환을 함께 해온 손때 묻은 옛 물건들은 다 어디로 사라진 걸까? 그것들도 보석처럼 빛나던 때가 있었으리라. 어머니가 돌아가시자 주인을 잃고 더는 관심을 받지 못한 탓일까? 언제부터인가 옛 물건들이 그것을 알기라도 하듯 홀연히 자취를 감추어 버리고 말았다.

오래된 유물이 되어 이제는 오직 나의 기억에만 남아있는 어머니의 작은 공방, 따스하게 내리쬐던 오후의 햇살, 바람에 실려 오던 삶아 빤 이불 홑청의 냄새, 손끝을 스치던 까슬까슬한 천의 느낌 그리고 그 모든 것들과 함께 버무려지던 어머니의 다듬이 질 소리가 못내 그리운 가을밤이다.

# 작약

봄이 만개할 즈음 어머니의 정원도 만개했다. 시간을 품고 봄이 오기만을 기다렸을 작약 꽃봉오리가 절정의 꽃망울을 터트리며, 겹겹이 싸여있던 꽃잎들이 화려한 열정을 피워 올렸다. 문풍지를 새로 바르는 날이면, 밀가루 풀을 먹여 빳빳하게 날 선 광목천 위에 그동안 말려두었던 작약 꽃잎 서너 개를 넣어 장식으로 활용하기도 하였다.

작약은 꽃의 생김새와 색상, 꽃술이 모란과 매우 흡사하여 모란으로 착각하기가 쉽다. 모란은 우아하고 화려해서 꽃 중의 왕인 화왕花王으로 불린다. 모란의 풍성한 꽃잎은 부귀영화를 상징하는 의미로, 부귀화富貴花라는 별칭과 함께 '부귀'라는 꽃말을 갖고 있다. 이러한 이유로 궁중과 왕족은 물론 문벌이 높은 부잣집 안방과 대청마루에 모란을 그린 병풍을 두었고, 양반가 지체 높은 부인이 거주하는 안채의 정원을 꾸밀 때도 모란은 빠지지 않았다.

작약은 궁중이나 양반가에서 귀한 대접을 받아온 모란과는 달리 서민들로부터 사랑받아온 꽃이다. 굵고 탐스럽게 내리는 눈을 함박눈이라 하고, 환하게 웃는 웃음을 함박웃음이라고 하듯 작약은 꽃잎이 크고 넉넉해서 함박꽃으로도 불린다. 낮 동안에 함박꽃처럼 활짝 꽃을 피웠다가 해가 지고 나면 살포시 꽃봉오리를 접어 '수줍음'이라는 소박하면서도 예쁜 꽃말을 갖게 된 것일까?

작약은 모란을 시기하지 않고 자신이 꽃을 피울 시기를 기다릴 줄 아는 꽃이다. 화왕인 모란 다음으로 아름다운 꽃이라 하여 사월 무렵에 꽃을 피우는 모란보다 앞서서 피지 않고, 모란이 지고 난 오뉴월에야 비로소 꽃을 피운다. 영랑은 모란이 뚝뚝 지는 상실의 아픔을 시로 노래했지만 모란이 지고 나야 작약이 꽃을 피우니 아름다운 모순이다.

작약은 향기로 기억되는 꽃이다. 얼었던 꽃밭은 땅이 녹기 시작하면서 활기를 띠기 시작했다. 어머니는 흙을 갈아엎고 잔돌을 골라내고 싸구려 모종을 사다 심었다. 그리고는 세상과 담을 쌓듯 돌을 어슷어슷하게 기대어 너른 마당과 꽃밭 사이에 경계를 만들었다. 바쁜 농사철에도 틈날 때마다 어머니는 꽃밭에서 모종을 솎아내고 잡풀을 뽑거나 잔가지를 정리하며 시간을 보냈다. 어머니의 부지런함 덕분에 계절이 바뀔 때마다 작약, 접시꽃, 봉숭아, 나팔꽃, 맨드라미가 정원을 가득 물들이며 꽃향기를 뿜어냈다. 꽃 멀미가 나던 계절이 지나고 빨갛게 꽃물이 든 문풍지를 볼 때마다 작약꽃 향기로 가득했던 봄날의 정원을 떠올리곤 했다.

딸에게는 향기로 기억되던 봄날의 정원이 혹여 어머니에게 외로운 섬은 아니었을까? 활짝 핀 작약처럼 어머니의 삶도 평탄했다면 좋았으련만 당신의 삶은 눈물의 연속이었다. 호된 시집살이의 서러움과 자식 셋을 떠나보내고 가슴에 묻어버린 남모를 아픔, 남의 빚을 대신 갚느라 늘 빠듯했던 살림살이의 고달픔까지……. 부모를 일찍 여의고 외삼촌의 구박을 견디다 못해 젊음과 맞바꾼 현실은 녹록지 않았다. 찾아갈 친정조차 없었으니 어머니가 하소연하거나 따로 마음 둘 곳도 없었으리라.

부귀영화를 상징한다는 속설을 믿고 작약 대신 모란을 정성껏 가꿨다면 어머니의 삶이 조금이라도 나아졌을까? 그렇게라도 섬에 갇혀 힘겨운 현실을 잊고 싶었을 어머니, 어머니……. 그 순간만큼은 작약꽃같이 함박웃음을 웃던 열여덟 살 순애 씨가 거기 있었으리라. 어머니는 그렇게 정원이라는 작은 섬 안에 스스로 갇힌 사람이 되었다.

칠십 평생 꽃밭을 가꾸던 어머니는 작약이 피기 전 사월, 끝내 당신의 봄을 누리지 못한 채 먼 길을 떠났다. 봄이 지는 동안 정원의 꽃들도 졌다. 어머니의 긴 부재에도 작약만큼은 알뿌리를 내리고 해마다 꽃대를 피워 올렸다.

인생을 시작하는 계절이 봄이라면 작약을 닮고 싶다. 어김없이 찾아올 봄날을 알기에 서둘러 피는 모란을 시기하지 않는 작약처럼 인생의 봄을 맞고 싶다. 어머니가 미처 누리지 못한 인생의 봄이 늦게라도 찾아와준다면 작약처럼 향기 나는 사람으로 살고 싶다.

# 조각보

어릴 적, 시골에서 보자기를 만들어 사용하는 일은 흔했다. 여름용은 통풍이 잘되도록 홑겹의 얇은 천으로 만들어 파리나 먼지가 내려앉는 것을 방지했고, 겨울용은 두꺼운 천을 겹보로 만들어 보온의 용도로 활용했다. 주로 단색을 사용하는 안감에 비하여 겉감은 다양한 색상과 크기의 천 조각을 꿰매어 만들기 때문에 훨씬 다채롭고 화사했다. 어머니가 '보재기'라고 부르던 보자기는 '물건을 싸는 보자기褓'라는 본래의 실용적인 의미 외에도 보자기를 공들여 만드는 것은 복을 비는 마음과 정성을 표현한 것으로, '복福을 싸둔다'라는 기복祈福 신앙적인 의미도 담고 있다.

함(函)에 갇혀 있던 천 조각들이 세상 구경하듯 쏟아져 나왔다. 어머니는 평소 쓰다 남은 천 조각을 차곡차곡 모아두었다가 밥상보, 베갯모, 냉장고 손잡이, 전화기 받침보를 만들곤 하였다. 귀한 가죽이나 코듀로이 조각은 옷에 구멍이 났거나 해졌을 경우 무릎과 팔꿈치에 타원형의 패드로 덧대어 새 옷처럼 수선하는데 요긴하게 활용되었다.

가위질에 천이 사각사각 잘려나갔다. 어머니는 밥상보로 사용할 2폭짜리 조각보를 만들 참이었다. 어머니는 여러 천 조각 중에 마음에 드는 것을 골라 이리저리 배치했다. 꽃무늬, 줄무늬, 물방울무늬, 체크무늬 등 다양했다. 주어진 천 조각으로 만들다 보니 강렬한 원색이 많을 때도 있었고, 은은한 파스텔 계통의 색상이 많을 때도 있었다.

어머니는 골라놓은 천을 겹쳐놓고 시침핀으로 고정한 다음 듬성듬성 시침질을 해주었다. 시침질이 끝나면 천을 일일이 꿰매는 고된 손바느질이 이어졌다. 어머니는 걸어둔 옷에 먼지가 내려앉는 것을 방지하는 옷덮개보를 만들기도 하였다. 수를 놓을 때만큼은 어머니의 마음도 뭉게구름, 소나무, 나팔꽃, 학, 나비가 되어 뽀얀 광목천 위에서 마음껏 날아다니고, 뛰어다니고, 화려한 꽃을 피우는 것만 같았다. 작은 천 조각을 이어 꿰매는 작업이 마무리되면 어머니는 조각보 중앙에 작은 리본 모양의 매듭을 달아주었다. 마침내 조각보가 완성되었다.

소박하고 투박한 조각보는 서양의 퀼트Quilt를 연상시킨다. 쓰고 남은 자투리 천 조각을 활용한다는 점과 손바느질로 일상에 필요한 생활소품을 직접 만들어 사용한다는 점에서 둘은 닮아있다. 김춘수의 《꽃》이란 시에서 그의 이름을 불러주기 전에는 하나의 몸짓에 지나지 않다가 이름을 불러주었을 때 그는 나에게로 와서 꽃이 되었다. 한낱 버려지는 천 조각에 지나지 않았던 것을 재활용하여 조각보와 퀼트라는 새로운 소품으로 완성된다는 것은 단순한 천 조각 모음 이상의 의미를 갖는다.

퀼트를 소재로 한 영화 「아메리칸 퀼트(How to make an American quilt)」에는 "무엇보다 중요한 것은 서로 간의 조화란다. 올바른 천을 선택하는 것은 퀼트를 빛나게 하지만 잘못된 선택은 원래의 색상과 아름다움마저 퇴색시키고 말지."라는 대사가 나온다. 퀼트는 일정한 주제를 가지고 여러 사람이 각자 만든 블록을 모아서 연결하는 공동작품으로, 개인의 취향보다는 전체적인 어울림을 중요하게 여긴다. 퀼트가 가진 이러한 특징 때문에 영화 속 퀼트 모임의 리더인 안나와 콘스탄스가 천 조각의 색상을 두고 한바탕 갈등을 겪는다. 결국, 콘스탄스가 블록의 색상을 변경하는 것으로 마음을 바꿔 작품이 완성된다. 퀼트는 작품의 전체적인 조화를 위해 사전에 계획해야 한다. 그런 까닭에 퀼트는 하나의 작품마다 정해진 도안이 있다. 도안대로 잘라놓은 작은 천(패치)을 꿰매어 만드는 즉, 미리 계획된 도안대로 만드는 작품이 퀼트다.

반면, 조각보는 별도의 도안이나 계획 없이 가지고 있는 자투리 천으로 만드는 생활소품이다. 그때그때 소유한 천에 따라 만드는 사람의 마음이 가는 대로, 손길이 닿는 대로 완성된 문양과 색상은 각양각색 달라진다. 그래서일까? 일정한 패턴과 정해진 색상이 없다는 점이 도안대로 만들어진 계산된 질서의 미美보다 오히려 자유분방하면서도 창의적으로 느껴진다.

삶은 계획된 도안대로 만들어가는 퀼트 작품이 아니다. 딱히 정해진 도안이나 모범답안이 없다. 어떠한 문양과 색상의 조합으로 만들어질지 예측할 수 없으므로, 미리 천 조각을 마름질할 수도 없다. 그렇기에 삶은 한 폭의 조각보를 완성해 가는 일과 같다. 서로 다른 선과 면과 색상을 잇다 보면 작은 천 조각들이 한데 어우러져서 전혀 예상하지 못했던 무늬가 만들어지듯 삶도 수많은 선택과 우연이 빚어낸 파편들이 조우遭遇하며 자신만의 인생의 무늬를 완성해 가는 것이리라. 저마다 주어진 인생이라는 함에 담긴 자투리 천을 한 땀 한 땀 정성을 들여 바느질하다 보면 어느 순간 나만의 아름다운 조각보가 완성되지 않을까?

**3**

# 제비꽃 소고

# 겨울나무

며칠 전 내린 눈으로 산에 오르는 사람은 많지 않았다. 지리산 초입에서부터 앞서거니 뒤서거니 올라가던 등산객들은 뿔뿔이 흩어져 이내 시야에서 사라졌다.

겨울 산은 어느 계절보다 깊고 고요하다. 산속 주변에서 일어나는 소리에 귀가 한층 예민해진다. 나뭇가지가 눈의 무게를 떠안으며 풀썩 주저앉는 소리, 웅웅거리며 나무 사이를 헤집고 다니는 날 선 바람 소리, 낯선 이들의 방문에 놀라 후드득 달아나는 산새들의 날갯짓소리까지……. 겨울 산만이 품고 있는 소리를 놓치지 않고 담아낸다.

화엄사에서 시작한 산행은 시간이 한참 지난 것 같은데, 올라온 거리만큼이나 남겨진 거리도 가늠이 되지 않는다. 출발하면서 미리 정해놓았던 시간 탓에 쫓기는 마음과 달리 발걸음은 더디게만 느껴진다. 턱밑까지 차오르는 숨을 거칠게 몰아 내쉬며 발걸음을 재촉한다. 내 몫의 배낭까지 짊어지고 앞서가던 남편이 힘이 부치는 모양인지 잠시 쉬어가자고 한다. 적당한 곳에 자리를 잡고 가쁜 숨을 고른다. 하얀 입김이 허공으로 흩어진다.

산 중턱에 서서 지나온 절경들을 더듬어 본다. 숨죽인 용의 등줄기 같은 지리산 자락이 저만치 발아래에 있다. 겨울 산이 빚어낸 설국雪國이 거대한 병풍처럼 눈 앞에 펼쳐진다. 등줄기에서 길게 뻗어 나온 능선들이 깊이가 다른 오름과 내림을 반복하며 사이좋게 어깨를 맞대고 있다.

산은 화려했던 가을의 모습을 감춘 채 오랜 동면冬眠에 들었다. 눈 덮인 나무는 산과 하늘의 경계를 구분해주는 유일한 피조물이다. 나무는 바람이 부는 방향대로 하얀 눈꽃을 피웠다. 굵은 가지마다 내려앉은 눈으로 자태가 더욱 또렷하고 선명하다. 녹아내린 눈이 풀어헤친 잔가지마다 얼음 알갱이로 매달려 바람결

겨울나무

에 살랑인다. 눈 내린 겨울 산에서만 허락된 설경들이 한 폭의 수묵화가 되어 잔잔히 가슴에 스며든다. 우리는 순백의 설원 안에 갇혔다.

새봄을 가장 먼저 알린다는 산수유나무의 자그마한 꽃봉오리가 시야에 들어온다. 산수유나무는 겨울의 한 가운데에서도 성장을 게을리하지 않고 다가올 봄을 준비하고 있다. 얇은 갑옷 안에 노란 솜털을 두른 겨울눈은 뿌리에서 힘겹게 빨아올린 생명수를 머금은 채 꽃망울을 틔울 채비를 하고 있다. 겨울눈은 봄이 되면 꽃으로 피어나고, 늦여름이 되면 빨간 열매를 맺게 하는 작은 기적을 예비하고 있다. 산수유나무는 그 작은 기적들을 위해 혹한의 추위 속에서 저 혼자만의 성장통을 묵묵히 견디는 중이리라. 따스한 봄이 오면 산수유나무는 여느 나무보다도 더 일찍 푸른 꽃대 위에 노란 꽃을 활짝 피워 올릴 것이다.

찬바람 속에서도 깊이 뿌리를 박고 의연하게 제자리를 지키고 있는 나무들이 눈에 띈다. 겨우내 잔가지와 이파리를 모두 떨구어 내고, 묵은 껍질을 벗느라 겨울나무들은 다른 계절보다 더욱 부지런히 움직이고 있다. 버림으로써 얻을 수 있다는 것을 알려주기라도 하듯 겨울나기를 하고 있다. 산의 가장 높은 곳, 맨 앞에 서 있는 나무는 다른 나무들보다 더 춥고 매서운 겨울 추위를 견디었기에 단단한 나뭇결을 완성할 것이다.

《장자》의 제1편 '소요유'逍遙游와 제4편 '인간세'人間世에는 무용지용無用之用 즉, '쓸모없음의 쓸모'에 대한 이야기가 나온다. 장자는 잘생긴 나무들은 그 잘생김과 쓸모 있음 때문에 베어져 일찍 생을 마감하지만 못생긴 나무는 쓸모가 없으므로 천수를 누린다고 하였다. 쓸모없는 것이 오히려 쓸모 있는 것이 된다는 뜻인데, '쓸모'라는 것은 상황에 따라 달라질 수 있다는 것이다. 결국, 무용지용론에는 "무엇을 위해서 살 것인가?"라는 인간의 삶의 궁극적인 목적에 대한 장자의 철학이 담겨있다고 하겠다.

지리산智異山은 어리석은 사람도 이곳에 머물면 지혜로운 사람이 된다고 하여 붙여진 이름이다. 자연을 통해 삶의 지혜를 깨달으라는 뜻일 터, 이 말은 어쩐지 나를 두고 하는 말인 것 같다. 휘몰아치는 비바람과 눈보라를 맞으며 꿋꿋하게 시간을 견디는 나무를 바라보며 생각에 잠긴다. 무엇을 위해 어떠한 쓸모 있는 삶을 살 것인가?

눈발이 바람을 타고 포말처럼 부서진다. 바람은 흘러내린 땀 방울을 한 움큼 낚아 채어간다. 남편이 잠시 멈추어 섰던 길을 재촉하며 앞장을 선다. 다시 한번 정상을 향해 발걸음을 힘차게 내딛어본다.

# 제비꽃 소고 小考

제비꽃. 하늘을 나는 제비를 닮았다고 해서 혹은 제비가 돌아오는 삼월 삼짇날에 꽃이 핀다고 해서 붙여진 이름이다. 한없이 여려 보이는 제비꽃은 자라기 어려운 환경에서도 잘 적응하며 꽃망울을 피우는 생명력이 매우 강한 꽃이다. 정원이나 화분에 심어 눈으로 즐기는 관상용 화초가 아니라 시골의 돌담길이나 좁다란 산책로와 같이 후미진 곳에서 온몸으로 찬바람을 맞으며 자라는 들꽃이다. 앉은뱅이 꽃이라는 별칭에서 알 수 있듯이 제비꽃은 꽃대와 꽃망울이 작다. 잔망스러운 보랏빛 꽃잎들이 봄의 시작을 알리며 마음을 설레게 한다.

제비꽃은 전 세계적으로 450여 종이 분포되어 있을 만큼 널리 퍼져 자생하는 꽃이다. 그래서인지 제비꽃에 관한 이야기가 동서양을 가리지 않고 전해지고 있다. 조선의 화가 김홍도의 그림 《황묘농접도黃猫弄蝶圖》에는 제비꽃이 등장한다. 그의 그림 속 제비꽃을 두고 작가에 따라 해석을 달리하기도 하는데, 오주석은 구부러진 꽃자루의 모양새가 물음표 머리처럼 생긴 까닭에 여의如意에 비유하였다. 여의는 가려운 등을 긁을 때 사용하던 도구로, 노인들이 사용하는 효자손과 닮았다고 하여 '하는 대로 된다.'는 의미의 여의화如意花라 불렀다고 한다. 이러한 이유로 그는 그림에 제비꽃이 들어간 것은 "뜻하는 바가 잘되기를 바라는 것"이라고 보았다. 반면, 장세현은 제비꽃을 장수 꽃으로 보았는데, 그는 그림에 함께 등장하는 패랭이꽃, 바위 등과 함께 소재들의 상징성에 주목하여 "어르신이 오래도록 건강하게 살기를 기원"하는 의미를 담고 있다고 해석했다.

제비꽃을 화폭에 담았던 외국의 화가로는 에두아르 마네가 있다. 프랑스 인상주의 화가로, 《풀밭 위의 점심》이 대표작이다. 마네를 이야기할 때 빼놓지 않고 등장하는 인물이 있는데 바로 베르트 모리조다. 모리조는 인상파 여류화가로 활동하기도 하였는데, 로댕의 연인이나 제자로 알려진 까미유 끌로델처럼 마네의 뮤즈이고 연인이자 제자로 더 알려져 그녀가 가진 재능에도 불구하고 천재 화가 마네의 그림자에 가려져 있었다.

마네의 작품 《제비꽃 장식을 한 베르트 모리조》에는 그녀가 모델로 등장한다. 모리조는 상복용 검은색 모자와 외투를 입고 있어서 어두운 톤의 색감이 주를 이루고 있는데, 가슴에 달고 있는 보랏빛 제비꽃 장식이 눈에 띤다. 부친을 잃은 슬픔 속에서도 정면을 응시하는 커다란 눈빛과 제비꽃을 통해 희망을 엿볼 수 있는 작품으로 평가받고 있다. 그녀는 이 작품으로 대중들에게 제비꽃 여인으로 널리 알려지기도 했다.

「마네의 제비꽃 여인, 베르트 모리조」는 인상파 최초의 여류화가인 모리조를 주인공으로 한 영화다. 마네를 만나는 순간부터 예술가로 거듭나는 모리조를 조명하고 있다. 이미 결혼한 마네의 곁에서 가슴앓이하던 모리조는 어느 날, 그의 동생인 외젠 마네가 청혼했다는 소식을 마네에게 전한다. 소식을 들은 마네는 《제비꽃 부케》 그림 한 점을 그려 그녀에게 선물한다. 사랑하는 여인을 자신의 동생에게 보내야 하는 마네와 그렇게라도 그의 곁에 머물고 싶었을 모리조……. 어쩌면 마네는 이루어질 수 없는 사랑의 안타까운 마음을 '진실한 사랑', '나를 생각해주세요'라는 제비꽃의 꽃말에라도 담아 그림으로 대신 전하고 싶었던 것은 아니었을까?

한편, 제비꽃은 프랑스에서 나폴레옹을 상징하는 봄의 꽃으로도 유명하다. 그는 꽃의 모양이 밤하늘의 별을 닮았다고 하여 '별의 눈물'이라는 별명을 가진 제비꽃을 무척 좋아했다고 한다. 나폴레옹은 황제 자리에서 물러나 엘바섬으로 추방당했을 때, 제비꽃이 피는 봄에 반드시 돌아오겠다는 말을 지지자들에게 남겼다. 황제의 귀환을 고대했던 그들은 제비꽃 리본이나 제비꽃 문양이 새겨진 시곗줄을 착용하였고, 서로 신분을 확인하는 암호로서 제비꽃을 활용했다고 한다. 나폴레옹의 귀환을 알렸던 봄의 상징인 제비꽃은 어느 순간 당파의 표식으로 변질되고 말았다.

나폴레옹의 취향 때문인지 첫 부인인 조세핀은 제비꽃 향수를 자주 사용했는데, 그녀가 세상을 떠났을 때 아내의 무덤가에 제비꽃을 심어 오래도록 그리워했다고 한다. 두 번째 부인인 이탈리아 왕족 마리아 왕비는 파르마라는 제비꽃 품종을 프랑스로 들여와 재배하게 하였는데, 첫 번째로 생산된 제비꽃 향수는 왕비에게 바쳐 이탈리아 왕실의 향수로 인정받았다고 전해진다.

제비꽃은 이미 오래전부터 유럽 전역에서 향수의 재료로 널리 활용되어왔다. 향수가 끊임없이 개발되고 사랑받는 이유는 사람의 감각기관 중 후각이 기억과 감정에 영향을 많이 받기 때문이다. 그런데 기억과 감정에 영향을 주는 향은 인공적인 향이 아닌 엄마 냄새, 밥 냄새, 아가의 살 냄새, 비누 냄새, 커피 냄새, 샴푸 냄새와 같이 우리가 일상에서 친근하게 접하는 냄새라고 한다. 이는 그리운 사람의 냄새라는 단어로 이해되기도 한다. 그러고 보면, 파트리크 쥐스킨트의 소설 『향수』의 주인공 그르누이가 향기로 세상을 지배하기 위해 그토록 완성하고 싶어 했던 최고의 향기도 다름 아닌 사람 냄새였다. 사람 냄새가 더욱더 그리운 요즘이다.

제비꽃 소고

# 빈센트, 밤의 꽃 별을 노래하다

    짙은 청록색과 노란색의 선명한 대비에서 느껴지는 강렬한 색채, 물결을 따라 일렁이는 도시의 불빛들, 밤하늘을 수놓은 별빛과 북두칠성. 마침내 파리 오르세 미술관에서 빈센트의《론강의 별이 빛나는 밤》을 마주했다. 빈센트의 생레미 요양원 시절에 완성된 그림으로 처연하면서도 아름다웠다. 그때의 강렬함 때문이었을까? 틈틈이 빈센트의 전시회를 찾아다녔고, 그에 관한 서적과 영화로 이어지던 갈증은 그가 그토록 사랑했던 도시, 아를로 향하게 했다.

    네덜란드 출신으로 후기 인상주의 화가 빈센트 반 고흐는 비운의 천재 화가, 태양의 화가, 영혼의 화가, 불멸의 화가 등으로 불린다. 여기에 더해서 그를 별의 화가라 부르고 싶다. 빈센트는 프랑스 아를의 밤 풍경과 별을 무척 좋아했다고 한다. 그는 《밤의 카페테라스》를 비롯해 《론강의 별이 빛나는 밤》, 《별이 빛나는 밤》 등 별과 밤의 풍경을 소재로 여러 점의 그림을 남겼다.

빈센트는 동생 테오에게 "나는 론강변에 앉을 때마다 목 밑까지 출렁거리는 별빛의 흐름을 느낀다. … (중략) … 나의 심장처럼 퍼덕거리는 별빛을 너에게 보여주고 싶다. 캔버스에서 별빛 터지는 소리가 들린다. 트와일라이트 블루, 푸른 대기를 뚫고 별 하나가 나오고 있다."라고 별에 대한 느낌을 상세히 적어 편지로 보내기도 하였다.

많은 예술가의 영감의 장소로 유명한 프랑스 남부의 작은 도시 아를. 아를은 빈센트를 가장 먼저 떠올리게 하는 도시이기도 하다. 그는 작열하는 태양이 주는 다양한 색채의 향연으로 가득한 아를을 사랑했다. 빈센트가 아를에 머물렀던 기간은 15개월 정도로 짧았지만 200여 점의 방대한 작품을 남겼을 정도로 활발하게 창작 활동을 했다고 한다. 그만큼 아를이 그에게 끊임없이

빈센트, 밤의 꽃 별을 노래하다

영감을 주고 그림의 소재가 많았던 도시였다는 것을 짐작할 수 있다. 빈센트는 짧은 생애의 후반기를 아를에서 보내며 남은 예술의 혼을 아낌없이 불태웠고, 그의 그림들은 아를에서 전성기를 맞으며 훗날 걸작으로 남았다.

　수확기를 앞둔 아를의 밀밭은 끝이 보이지 않았다. 밀밭과 밀밭 사이의 사이프러스 나무가 유일한 경계였다. 파리 근교 오베르의 밀밭이 배경인 《까마귀가 나는 밀밭》 속의 까마귀 떼가 어디선가 까악까악 대며 당장에라도 아를의 밀밭으로 날아올 것만 같았다. 빈센트는 뜨거운 햇볕이 내리쬐는 황금빛 들판에 앉아 《해 질 녘의 밀밭》과 《밀밭에서 본 아를》을 완성했으리라. 그림 도구를 매고 늘 새로운 빛과 공기, 바람을 갈구하며 자연 속을 누비고 다녔던 빈센트. 그의 삶을 그린 영화 『고흐, 영원의 문에서』의 빈센트 역을 맡은 윌렘 대포가 붉은 노을이 내려앉은 풀밭 위에 누워 하늘을 올려다보면서 미소 짓던 장면이 아를의 밀밭 풍경과 오버랩되었다. 빈센트는 광활한 밀밭 풍경을 완성하기 위해 이곳을 얼마나 오고 갔을까?

　끝없이 펼쳐진 밀밭을 지나 빈센트가 1년 정도 머물렀던 생레미 요양원으로 향했다. 문화센터로 사용되고 있는 요양원은《요양원의 안뜰》의 배경과 같은 모습이었다. 안뜰을 거닐다가 성냥갑처럼 작고 답답한 창문에 문득 시선이 머물렀을 때 눈시울이 뜨거워졌다. 자유로운 영혼의 소유자인 그가 쇠창살이 있던 저 작은 방안에 갇혀 지냈다니…….마음껏 자연 속을 누비던 그가 얼마나 밖으로 나가 그림을 그리고 싶었을까?

빈센트는 고갱과의 갈등으로 자신의 한쪽 귀를 자르는 광기 어린 행동 때문에 사람들로부터 차가운 냉대를 받으며 생레미 요양원에서 지내게 된다. 그 무렵, 그는 테오에게 별이 반짝이는 하늘을 그리고 싶다는 간절한 내용의 편지를 보낸다. 빈센트는 정신적, 심리적으로 매우 쇠약해진 상태였지만 끝내《별이 빛나는 밤》을 완성해내고 만다. 그림에 몰두함으로써 광기와 우울에 빠진 빈센트 자신을 구원한 것이다.

흰색과 노란색을 섞은 단순한 점에 불과했던《밤의 카페테라스》에서의 별의 모습은《론강의 별이 빛나는 밤》에서 하얀 눈꽃 이었다가《별이 빛나는 밤》에서 이글거리는 태양의 모습을 하고 있다. 시간이 지날수록 빈센트의 별들은 점차 사실적이면서도 과감한 형태로 변해갔다. 빈센트가 사랑했던 그의 별들은 캔버스에서 아름답게 빛났다.

해 질 무렵이 되어서야 《밤의 카페 테라스》의 배경인 포룸광장에 도착했다. 그림 속 카페는 아를의 명소가 되어 '반 고흐 카페Cafe Van Gogh'라는 이름으로 성업 중이었다. 사람들은 테라스에서 와인과 커피를 마시며 자유롭게 이야기를 나누고 있었다. 포룸광장에 어둠이 내려앉자 다른 풍경을 자아냈다. 불빛에 반사된 노란색 건물의 카페 테라스가 어두운 밤하늘과 극명한 대조를 이루면서 밤의 풍경은 더욱더 밝고 따뜻하게 느껴졌다. 그는 《밤의 카페 테라스》의 그림 속 밤하늘에 붓으로 한 점 한 점 별을 찍어 넣는 순간이 정말 행복했다고 한다. 별이라는 평범한 소재가 그의 붓을 거쳐 예술작품으로 탄생하는 순간이었으리라.

광장을 벗어나 론강 둑길로 접어들었다. 오르세 미술관에서 보았던 《론강의 별이 빛나는 밤》의 배경이 된 장소다. 빈센트는 검은색 대신 짙은 청록색과 푸른색, 노란색을 사용하여 별이 빛나는 밤의 정경을 화폭에 담았다. 그림 속 별들은 마치 폭죽이 터지는 듯한 눈꽃 모양을 하고 있어 화려하면서도 생동감으로 넘쳤다.

론강을 따라 나선형으로 길게 이어진 둑길을 천천히 걸었다. 시원한 바람이 불어왔다. 론강을 가로지르는 다리는 《트랭크타유의 다리》속 모습 그대로였다. 이곳에 빈센트만 없었다. 그는 가고 없는데 그의 그림 속에 등장했던 작은 나무는 130년의 세월이 흐르는 동안 고목으로 변해 있었다. 달빛이 론강 위에서 비늘처럼 반짝였다. 가로등 불빛은 론강에 흠뻑 젖어 물결을 따라 쉼 없이 아롱아롱 일렁였고, 검푸른 하늘에는 깊은 어둠 속으로 침전한 별들이 여전히 빛나고 있었다. 그때도 이런 밤이었을까?

빈센트는 낮보다 어두운 밤의 풍경들이 더욱 화려하고 풍부한 색채를 지니고 있다는 것을 발견했고, 별이라는 소재에서 그 답을 찾았다. 그는 별을 통해 짙은 어둠 속에서도 빛을 볼 줄 아는 화가였다.

밤에 피는 꽃, 별을 사랑했던 화가 빈센트. 그에게 별은 어떤 의미였을까? 사람들은 목사인 아버지와 빈센트의 젊은 시절 전도 활동의 경험을 근거로 그의 그림 속의 별들을 종교적 의미로 해석하기도 한다. 하지만 그가 끝없는 시련과 외로움으로 절망에 빠졌을 때, 쇠창살 너머로 바라본 별은 빈센트가 계속 그림을 그릴 수 있게 했던 유일한 희망이었으리라. 사람은 죽으면 별로 가는 거라던 그의 말처럼 빈센트는 밤하늘의 반짝이는 별이 되지 않았을까?

# 두오모, 그 냉정과 열정 사이

피렌체는 꽃이라는 의미가 담긴 도시다. 꽃의 도시답게 오래된 유산들이 과거 메디치 가문의 영화를 한껏 뿜어내고 있었다. 이탈리아어로 두오모Duomo는 대성당을 뜻한다. 1296년 공사가 시작된 지 170여 년 만에 완성되었다고 한다. 두오모는 피렌체에서 가장 화려하고 아름다운 건축물로 꼽히는데, 돔 내부 천장에 미켈란젤로 부오나로티의 작품《최후의 심판》을 모티브 삼아 그린 프레스코화로도 유명하다.

두오모 성당을 보기 위해 피렌체에 오게 된 것은 일본소설을 영화화한「냉정과 열정 사이」때문이었다.

"피렌체의 두오모는 연인들의 성지래. 영원한 사랑을 맹세하는 곳. 내 서른 번째 생일날 나와 함께 올라가 주겠니?"

지나가듯 했던 약속을 지키기 위해 주인공 준세이와 아오이가 헤어졌다가 10년 만에 재회하는 장면의 배경이 된 곳이 바로 두오모였다. 연인들의 약속 장소에 와보고 싶다는 바람이 나를 이곳으로 이끌었다. 게다가 르네상스 문화의 중심지로서 피렌체의 서정적이고도 낭만적인 풍경과 르네상스 회화 컬렉션으로 세계 최고를 자랑하는 우피치 미술관을 관람할 수 있다는 점도 관심을 끌 만했다.

원작소설은 같은 이야기를 서로 다른 작가가 남녀 주인공의 시점에서 다루고 있다. 준세이의 시점은 남자인 츠지 히토나리 작가가, 아오이의 시점은 여자인 에쿠니 가오리 작가가 집필한 독특한 방식을 취하고 있다. 두 권으로 출간된 소설책은 냉정을 뜻하는 푸른색 표지와 열정을 의미하는 붉은색 표지의 선명한 대비를 통해 두 남녀 주인공의 서로 다른 시점과 기억의 기록을 상징적으로 보여주고 있다. 두 주인공의 이야기가 합쳐져야 하나의 소설로 완성되는 셈인데, 그래서인지 어떤 사랑도 한 사람의 몫은 2분의 1이라는 작가의 말이 마음에 와 닿았다.

"마지막까지 냉정했던 너에게 난 뭐라고 해야 할까?"

아오이를 만나기 위해서 도쿄로 갔던 준세이는 새로운 연인을 만나 냉정하게 변해버린 그녀의 마음을 확인하고 쓸쓸히 피렌체로 돌아온다. 런닝타임 내내 두 남녀 간의 사랑과 이별, 오해를 대변하는 냉정과 열정 사이의 감정의 변화를 도쿄와 피렌체라는 공간적인 이동을 통해 보여준다.

저 멀리 골목 사이로 반원형의 붉은색 지붕 큐폴라가 보였다. 정상으로 연결되는 수백 개의 길고 좁다란 계단을 따라 숨 가쁘게 올라갔다.

"아무런 주저도 없었다. 그때 이미 마음이 정해져 있었다. 아침 햇살 속에서 나는 그저 인정하기만 하면 되었다. 피렌체에 간다는 것을, 두오모에 오른다는 것을, 그 약속을 한시도 잊지 않았다는 것을."

영화 속 준세이의 굳은 다짐이 공명처럼 귓가에 맴도는 것만 같았다. 계단의 끝을 밟고 드디어 두오모가 눈앞에 그 위용을 드러내는 순간이었다. 거대한 큐폴라의 자태는 황홀 그 자체였다.

두오모, 그 냉정과 열정 사이

둥글고 거대한 붉은색 지붕이 성당을 포근히 감싸 안고 있었다. 피렌체 시내 정경이 한눈에 들어왔다. 건물 지붕이 온통 붉은색이었지만 두오모는 단연 독보적이었다. 피렌체는 오로지 두오모를 위해 존재하고 있었다.

"움직일 수 없었다. 잠시 그 자리에 선 채 준세이를 보았다. 자그마한 몸집에, 꼿꼿한 자세, 10년이란 세월이 지났어도 전혀 변하지 않은 것처럼 보이는 그리운 준세이."

죽어있는 그림에 새 생명을 불어넣는 유화 복원사라는 준세이의 직업에서 짐작할 수 있듯, 두오모 정상에서의 재회로 마침내 그들은 과거의 사랑을 되찾고 관계를 회복한다.

파리에서 피렌체로 이동하는 밤기차에서 내내 들었던 영화의 주제곡을 이어폰을 끼고 다시 들어 보았다. 낮은 음의 장중한 첼로 선율이 뜨겁게 가슴을 파고들었다. 전망대 주변을 천천히 둘러보았다. 영화의 흥행 때문이었을까? 연인들의 성지답게 사랑해, I love you, Ich liebe dich, Jet' aime, Ti amo 등 세계 각국의 언어로 쓴 낙서가 많았다. 그중 'miss you'라는 단어가 눈에 띄었다. 그립다는 것은 사랑이 끝난 후에도 상대방을 잊지 못하고 있다는 거다. 낙서의 주인공은 사랑을 맹세하기 위해서가 아니라 사랑했던 누군가를 잊기 위해 이곳 두오모에 온 것일까? 우리 부부는 냉정과 열정의 사이 어디쯤에 와 있는 것일까? 설렘으로 시작했던 연애기를 거쳐 이별할 뻔했던 냉각기까지 26년간 냉정과 열정의 사이를 수없이 오고갔다. 그 긴 시간을 거쳐 온 지금은 뭉근한 빙하기 정도가 아닐까?

베키오 다리로 이동하기 위해 준세이와 아오이의 발길이 닿았을 강변길을 따라 천천히 걸음을 옮겼다. 강에서 불어오는 부드러운 바람이 두 볼을 스쳐갔다. 베키오 다리에 다다랐을 즈음 유유히 흐르는 아르노강 위에도, 두오모 성당 지붕 위에도 붉은 석양이 길게 내려앉았다. 성당의 종소리가 피렌체 시내 곳곳으로 은은하게 울려 퍼졌다. 찬란하게 붉은 꽃의 도시에 조용하고 차분한 평화로움이 낮게 배어들고 있었다. 내일도 그리고 그다음 날에도 연인들은 사랑을 맹세하기 위해 이곳 두오모에 오를 것이다.

# 알함브라, 슬픈 추억의 세레나데

알함브라. 스페인 남부지역 그라나다에 위치한 14세기 이슬람 왕조시대의 궁전이다. 알함브라는 '붉은 성'이라는 뜻으로, 석벽에 다량의 붉은 철이 함유되어 있어서 석양에 성 전체가 붉게 물드는 모습 때문에 붙여진 이름이다.

1492년, 이슬람 나스리 왕조의 마지막 왕이었던 보아브딜은 스페인 페르난드 2세의 공격을 막아내지 못해 궁전을 넘겨주게 된다. 그는 자신의 조상들이 스페인을 침략해왔던 그 길로 쫓겨가면서 "영토를 빼앗기는 것보다 알함브라궁전을 다시 볼 수 없다는 것이 더 슬프다."라며 통한의 눈물을 흘렸다고 한다.

알함브라는 길게 늘어선 사이프러스 가로수 길로 시작되었다. 사이프러스 나무는 빈센트 반 고흐의 그림에 자주 등장하는 단골 소재이기도 하다. 『반 고흐, 영혼의 편지』에서 빈센트는 동생 테오에게 "사이프러스 나무들은 항상 내 마음을 사로잡는다. 그것을 소재로《해바라기》같은 그림을 그리고 싶다. … (중략) … 사이프러스 나무는 이집트의 오벨리스크처럼 아름다운 선과 균형을 가졌다. 그리고 그 푸름에는 그 무엇도 따를 수 없는 깊이가 있다."라고 썼다.

그 때문인지 빈센트는《사이프러스 나무가 있는 길》,《사이프러스 나무와 두 여인》,《사이프러스 나무가 있는 밀밭》,《사이프러스 나무가 있는 낮 풍경》등 연작이라고 할 만한 그림들을 많이 그렸다. 그의 그림 속에 등장하는 사이프러스 나무를 태양을 향해 힘차게 가지를 뻗는 강한 생명력이 느껴지는 야생화에 비유한다면, 알함브라궁전의 사이프러스 나무들은 관상용 조각품에 가까웠다.

긴 가로수길이 끝나고 왕이 여름별장으로 사용했던 헤네랄리페에 다다랐다. 자연지형을 이용한 인공연못과 포물선을 그리며 시원스레 떨어지는 분수, 색색의 꽃들과 잘 조성된 푸르른 수목들……. 절대자들이 사랑했던 아름다운 정원이 펼쳐졌다. 궁전이 함락된 이후에도 이슬람 사람들이 살았던 알바이신 지구가 저 멀리 창밖 너머로 보였다. 빼곡히 들어찬 붉은 지붕의 전통 가옥들 사이로 짙은 초록의 사이프러스 나무들이 삐죽삐죽 솟아 있었다. 일상의 시간이 멈추고 과거로 회귀한 듯했다. 따사로운 가을볕이 옛 도시를 충만하게 비추고 있었다.

아라야네스 정원을 지나 사자의 정원으로 이동했다. 건물 중앙에 12마리의 사자상이 물줄기를 뿜어내며 분수대를 떠받치고 있었다. 스페인을 대표하는 기타 연주가이자 작곡가인 프란시스코 타레가는 알함브라궁전을 여행하던 중 사자의 분수대에서 흐르는 물소리를 듣고 영감을 얻어 《알함브라궁전의 추억》이라는 유명한 기타 연주곡을 남겼다고 한다. 타레가의 주특기인 트레몰로 주법의 멜로디가 자아내는 선율은 주인이 뒤바뀐 궁전의 운명을 표현한 듯 한없이 쓸쓸하고 서정적이다. 그는 여인 콘차와 함께 했던 궁전을 홀로 거닐며 이곳에서 슬픈 추억의 세레나데를 완성했을 것이다. 사자의 분수대 근처 어디쯤이었을까? 떠나간 여인을 그리워하며 기타를 연주했을 타레가의 모습을 상상해보았다.

분수대에서 흘러나온 수로의 물길을 따라 아벤세라헤스의 방으로 발걸음을 옮겼다. 눈앞에 보이는 이것이 정녕 인간이 만든 건축물일까? 석회 조각을 동굴의 종유석 모양을 본 따 매달아 놓는 형태를 모카라베 양식이라고 하는데, 돔과 아치형의 기둥마다 모카라베 양식으로 새겨 넣은 섬세하고도 정교한 무늬는 그야말로 화려함의 극치였다. 돔의 높은 창을 통해서 들어오는 자연광과 별 모양의 천장에 촘촘히 박힌 조각끼리 부딪치는 반사광으로 장식은 더욱더 밝고 우아하게 빛났다. "고통은 지나가도 아름다움은 영원하다."라고 하던 프랑스의 화가 르누아르의 말처럼 과거 이슬람 왕조의 영광은 사라졌어도 아름다운 건축물로 남아 여전히 살아 숨 쉬고 있었다.

알함브라궁전은 무슬림들이 생각했던 천국을 묘사하여 지어진 건물로 이른바 이슬람 문화의 결정체, 이슬람 건축문화의 정수라고들 한다. 수많은 여행객이 알함브라를 찾는 이유는 단연 모카라베 양식의 절정을 찍었다고 알려진 이곳을 보기 위해서가 아닐까? 그런데 이 방에서 수십 명이 넘는 아벤세라헤스 가문의 젊은 남자들이 참살당한 대학살이 있었다고 전해진다. 이 방의 이름은 가장 화려한 홀에서 가장 비참한 최후를 맞이한 아벤세라헤스 가문의 이름에서 가져온 셈인데, 이토록 호화로운 방에서 그와 같은 참극이 벌어졌다는 사실이 아이러니하다.

마지막 코스인 알 카사바의 망루에 있는 벨라의 탑에 올랐다. 뜨겁게 내리쬐던 한낮의 태양이 서서히 이울고 있었다. 그라나다 시가지가 한눈에 내려다보였다. 나스리 왕조의 마지막 술탄도 이 자리에서 평화롭게 사는 백성들의 모습을 지켜보았을 것이다. 하지만 피를 흘리지 않은 대가로 궁전의 열쇠를 넘겨주게 되면서 알함브라의 운명은 바뀌었다. 승자는 탑에 올라 승리를 알리는 커다란 깃발을 꽂고 힘껏 종을 쳐서 새로운 시대의 시작을 알렸을 것이고, 패자는 쫓기는 신세가 되어 시에라 네바다 산맥을 넘었을 것이다.

알함브라궁전은 800년간 내려온 이슬람 문화의 찬연함과 종교적 신념 앞에 스러져간 왕조의 흥망성쇠를 겪으며 아픈 역사를 간직한 채 말없이 서 있다. 궁전은 어느덧 태양을 삼킨 채 붉

게 물들어가고 있었다. 타레가의 애잔한 세레나데가 귓전을 맴
돌았다.

# 비자나무

제주 구좌읍 평대리에는 천년의 숲으로 불리는 비자림榧子林이 있다. 500~800년생의 비자나무 2,800여 그루가 밀집, 자생하고 있어 천년의 세월이 깃든 나무들을 온몸으로 체험할 수 있다. 비자나무는 제주도와 남부지역 일부에서만 자라는 희귀종으로 알려져 있다.

종일 내리는 비 때문에 이동의 불편을 감수해야 했지만 이른 아침 숲의 싱그러움과 피톤치드의 상쾌함에 금세 기분이 좋아졌다. 타닥타닥 타닥타닥. 차디찬 우비 위로, 커다란 나뭇잎 위로 연신 비가 쏟아져 내린다. 빗방울 소리가 이처럼 정겨웠던가. 비

내리는 숲속 산책길을 걸으니 비자나무와 후박나무, 이름 모를 단풍나무로 어우러진 숲이 주는 매력에 점차 빠져든다. 비를 흠뻑 머금은 숲이 뿜어내는 안개는 그야말로 장관이다.

길게 목을 빼고 10m가 넘는 거대한 비자나무를 올려다본다. 나무는 보통 위로 곧게 가지를 뻗기 마련인데, 비자림 숲의 나무들은 하늘을 떠받듯 가지를 활짝 펼친 형상이다. 숲을 걷다 보면 거의 눕다시피 휘어져 자라거나 햇빛을 더 받기 위해 다른 나무보다 가지를 뻗다가 죽었거나 혹은 벼락을 맞아 죽은 나무들을 볼 수 있다. 비자나무 19번 푯말에는 죽은 나무의 영혼이 낯선 방문객들에게 말을 걸어오듯 다음과 같은 문구가 적혀 있다.

"나는 비자나무 숲 지킴이로 274년 동안 자라다 이웃 후박나무와의 경쟁에 밀려 햇빛을 못 받아 죽었습니다. 하지만 속살을 드러낸 지금의 모습으로 오고 가는 발소리를 들으며, 모두의 건강과 행복을 기원합니다."

다양한 종의 나무들이 한데 어울려 울창한 숲을 이루고, 때로는 서로 경쟁하기도 하고, 경쟁에서 밀려나 죽어서도 그 자리에서 숲을 지키며 아름답게 공존하는 비자나무의 모습은 어쩐지 사람의 일생과도 닮은 듯하다. 자연을 통해 깨닫게 되는 생명의 존귀함과 신비로움이 이런 것이 아닐는지.

갈림길이다. 송이길은 2.2km 코스이고, 오솔길은 송이길보다 1km가량 더 멀다. 송이길인 오른쪽으로 발길을 돌린다. 한참을 걸어 송이길이 끝나는 지점에서 왼쪽으로 향하면 2000년 1월 1일 새로 맞이한 밀레니엄의 시작을 기념하고, 제주의 안녕을 기원하기 위해 지정된 새천년 비자나무를 만날 수 있다. 고려 명종 20년에 태어난 나무로, 800살이 넘었다고 한다. 이곳 비자림에서 가장 오랫동안 숲을 지키고 있는 터줏대감이다.

조선 왕조의 치적과 영욕의 역사를 합한 세월이 자그마치 519년이다. 한 그루의 비자나무는 다른 나무의 생生과 멸滅뿐만 아니라 한 나라의 건국建國과 멸국滅國을 모두 지켜본 셈이다. 비자나무의 수령만으로 단순 계산하더라도 최소 조선 중종 16년(1521년)에서 고려 명종 20년(1190년)까지 거슬러 올라가야 하는 까마득한 세월이다. 비자나무가 한 자리에서 싹을 틔우고, 뿌리를 내리고, 줄기를 살찌우고, 가지를 뻗고, 낙엽을 떨구는 동안 500번에서 800번의 계절이 바뀌었다. 긴 시간의 간극을 초월하여 여전히 현재진행형의 일생을 보내고 있다는 것이 그저 놀랍기만 하다.

새천년 비자나무를 돌아 나오는 반대편에는 연리목, 일명 사랑나무가 웅장한 자태를 드러낸다. 한 그루의 나무가 죽어도 다른 나무에서 영양을 공급해주어 살아나도록 도와주는 연리지나 연리목은 예로부터 귀하고 상서로운 것으로 여겼다. 비자나무는 은행나무처럼 암나무와 수나무가 따로 있는데, 사랑나무도 암나무와 수나무가 분명할 게다. 그렇지 않고서야 각자의 뿌리로 태어나 저렇게 한 몸처럼 살을 섞듯 자생할 수 있을까? 한 몸인 듯 붙어있는 사랑나무도 중간 마디쯤에서 서로의 만유인력에 기댄 채 적당한 거리를 두고 마주 보고 있다. 사랑나무는 한 그루인 것 같기도, 두 그루인 것 같기도 하다.

비익연리比翼連理라는 말이 있다. 비익조比翼鳥라는 새와 연리지連理枝라는 나무가 합쳐진 말이다. 비익조는 암컷과 수컷의 눈과 날개가 각각 하나인 까닭에 짝을 짓지 않으면 날지 못하는 상상의 새로 알려져 있다. 이는 당나라 시인 백낙천이 지은 《장한가》에 당 현종과 양귀비와의 사랑을 노래한 시에 등장하는 단어로, 남녀 간의 아름다운 사랑과 부부애를 비유적으로 드러낸 것이라고 한다.

사랑하는 남녀가 만나 가정을 이루고, 연리지처럼 한 몸으로 엮여 비익조와 같이 서로의 부족한 점을 채워주며 살아가는 것이 부부다. 부부간의 사랑을 비유한 상징물로 비익연리보다 더 완벽한 표현이 있을까?

비자림은 비자나무의 경쟁과 패배, 삶과 죽음, 애틋한 사랑 그리고 그들의 과거와 현재를 모두 품어 안고 있다. 햇볕 한 줌 더 갖기 위해 경쟁도 하지만 패배하면 물러날 줄 아는 것이 비자나무다. 쓰러진 나무를 제 몸으로 받쳐 버팀목이 되듯 아낌없이 베풀 줄 아는 것이 비자나무다. 사랑나무처럼 둘이 하나 되어 살아가기에 힘든 세상 외롭지만은 않은 것이 비자나무다. 숲을 빠져나오며 비자나무처럼만 살 수 있다면 좋겠다는 생각을 해본다.

# 우리들의 과녁

도쿄 하계올림픽이 끝났다. 한국 여자양궁은 다시 한번 9연패
라는 위업을 달성했다. 한 인기 예능 프로그램에 출연한 선수들
에게 MC가 질문을 던졌다.

"과연 과녁을 맞힐 수 있을까 하는 날씨도 있을 텐데요, 이게
과녁을 맞히는 방법이 다 있습니까? 가령 바람이 부는 날, 비가
오는 날, 방법이 있나요?"

"네. 그때그때 다르긴 한데, 화살이 70M를 날아가야 하는데
비를 맞으면 무게 때문에 쳐져서 조준기의 위치를 바꾼다거나
위를 보고 조준한다든지 하는 게 있어요." 그리고는 한 마디를

덧붙인다.

"누가 더 과감하게 오조준을 하는지가 관건이에요. 겁먹고 소심해지면 화살이 바람을 타고 나가버려요."

오조준(誤照準)의 사전적 의미는 총이나 포 따위를 잘못 겨냥한다는 뜻이다. 양궁에서는 기후 등 주변 환경을 고려해 일부러 틀리게 과녁을 겨냥한다는 뜻으로 통용되고 있다. 양궁에서 가장 중요한 것이 목표물을 정조준하여 활시위를 당기는 것일 텐데, 오조준을 통해 과녁을 맞히는 것도 경기의 중요한 전략 중 하나라고 한다.

양궁의 활은 조준기로 목표물을 조준하는데, 외부 환경에 조금이라도 변화가 있으면 정확하게 조준하기가 어렵다. 이러한 변화가 있을 때 선수들은 풍향과 풍속에 맞게 활의 부속 장비를 재정비하고, 팔과 몸의 틀어지는 각도를 세밀하게 기억하며 과녁을 맞히는 훈련을 반복한다. 바람이 부는 방향으로 팔과 몸을 이동시킨 후, 선수마다 과녁의 정 가운데가 아닌 8~9점이나 혹은 7~8점 위치에 오조준하여 10점의 과녁을 맞히는 원리다. 강풍일 때는 5점 이하의 위치에 오조준하기도 한다. 양궁 선수들에게는 정조준하기 위한 훈련뿐만 아니라 오조준을 통해 과녁을 맞히는 훈련도 필요한 셈이다.

우리는 인생에서 수많은 과녁을 마주하며 살아간다. 10점, 9점, 8점 등 여러 과녁이 있다. 목표를 어디로 잡아야 할지는 저마다 다르다. 목표가 클수록 여러 가지 난제와 변수를 수반한다는 것을 우리는 알고 있다. 예상되는 역경의 아래로 잡아 비교적 무난하게 목표를 이루려는 사람도 있을 것이고, 목표를 그 위로 잡아 역경을 감내하려는 사람도 있을 것이다. 역경과 시련을 딛고 한 걸음이라도 나아가느냐 아니면 그 자리에 그대로 멈추느냐의 차이는 '나를 믿는다, 그러니 실패해도 괜찮다.'는 자신에 대한 믿음이 아닐까.

평범한 사람은 비바람이 불 때면 활도 함께 날아가 버릴까 봐 시위를 당기는 어깨와 팔에 더욱 힘이 들어가기 마련이다. 힘으로만 팽팽하게 바짝 당겨진 화살은 번번이 과녁을 비껴가고 만다. 양궁 선수들이 비, 바람, 소음에도 흔들림 없이 10점이라는 과녁을 맞힐 수 있는 것은 그동안 비껴갔던 수많은 오답과 실패, 남몰래 흘린 눈물과 땀방울이라는 오조준의 경험들을 차곡차곡

축적해왔기 때문이다. 불어오는 거센 바람을 등지지 않은 채 자기 자신과 경험을 믿고 과감하게 오조준의 방향을 향해 활시위를 당겼기에 과녁의 정중앙을 맞힐 수 있었다. 자기 믿음은 거기서 나오는 것이리라.

나의 젊은 시절을 떠올려보면 뿌연 안개 속을 걷는 듯 불안했다. 20대의 패기와 당당함, 여유와 낭만이 나에게만큼은 허락되지 않는 것 같았다. 형제들이 많은 데다가 미국유학 중인 오빠도 있었기에 부모님의 적극적인 지원을 기대하기 어려웠다. 몇 차례를 제외하곤 대학원을 졸업할 때까지 학비와 용돈을 스스로 해결해야 했다. 장학금을 받기 위해 악착같이 학업에 매달렸고, 닥치는 대로 아르바이트를 했다. 교통사고로 1년간 중환자실에 입원해 있던 큰오빠의 병간호도 일주일에 1~2번은 내 몫이었다. 뜻하지 않은 질병으로 큰 수술을 하고 수년간 고생을 하기도 했다. 서로를 보듬어주기에는 턱없이 마음 그릇이 작았던 사랑도 그즈음에 끝이 나버렸다. 중요한 선택의 갈림길에 있을 때마다 묵묵히 힘을 실어주었던 아버지의 갑작스러운 죽음까지……

스물세 살의 청춘이 감당하기에 현실은 너무나 버겁고 힘겨웠다. 퀸의 '보헤미안 랩소디'와 김광석의 '서른 즈음에'를 듣고, 김지하의 저항시와 하루키의 소설 '노르웨이의 숲'을 읽으며 하루하루를 버티던 젊은 날은 그렇게 어둡고 축축하고 절박했다. 번민과 좌절로 몸부림치던 그때 그 시절, 휑한 가슴 저 밑바닥에는 맷집과 굳은살이 생겼다. 맷집과 굳은살은 또 다른 시련을 겪을 때마다 나를 지탱해주는 힘이 되었다.

인생을 살면서 그림자가 없는 사람이 어디 있으랴. 나이가 들수록 오조준의 경험들이 쌓일 테니 지나온 삶보다 앞으로 살아갈 우리의 삶이 더 기대되는 이유다.

오늘도 우리는 인생이라는 과녁 앞에 선다. 가만히 눈을 감고 호흡을 가다듬으며 바람의 방향과 세기를 느껴본다. 무수히 반복했던 오조준의 경험과 장면들을 기억해내리라. 예감이 나쁘지 않다. 손가락에 착 감겨오는 줄, 힘차게 포물선을 그리며 날아가는 화살이 머지않아 10점이라는 과녁에 멋지게 꽂히리라.

# 모란

　자연의 섭리가 놀랍다. 절기에 맞추어 철마다 꽃망울을 품었다가 터트리는 꽃들을 볼 때면 그런 생각이 든다. 모양과 색상, 향기로 사랑받는 꽃들의 종류만 해도 헤아릴 수 없이 많겠지만 봄에 피는 꽃 중에서는 단연 모란을 꼽는다.

　모란은 화려하면서도 품위를 갖추고 있어 부귀화富貴花 혹은 꽃 중의 왕이라는 뜻의 화중왕花中王으로 불린다. 천향국색天香國色이라고 하여 '하늘에서 내려진 것과 같은 향기로움을 지니고, 나라 안에서 제일가는 미인과 같이 아름다운 꽃'이라는 별칭도 있다. 꽃에 대한 온갖 찬사를 모란이 차지한 형국이다. 오죽하면 모란을 두고 살아있는 예술품이라고까지 했을까?

《안녕女寧, 모란》 특별전에서 모란을 만났다. 조선 왕실에서 모란꽃과 무늬를 어떻게 향유하였는지를 보여줌으로써, 모란에 담긴 의미와 상징성을 소개하는 전시회다. 특별전은 3부로 구성되어 있다. 제1부 '가꾸고 즐기다'는 궁궐의 후원과 종친의 정원을 장식했던 관상용 식물인 모란에 관한 것으로, 그림과 시의 소재로서의 모란을 만나볼 수 있다. 2부 '무늬로 피어나다'는 각종 의례나 생활용품에 상서롭고 운이 좋은 것을 상징하거나 그와 같은 소원을 담아서 그린 길상吉祥무늬로서의 모란이 전시되어 있다. 마지막 3부 '왕실의 안녕과 번영을 빌다'는 조선 왕실의 권위와 위엄을 강조하는데 활용되었던 도상圖像으로서의 모란이다.

디지털 꽃길이 반갑게 관람객을 맞이한다. 발걸음을 내딛는 곳마다 모란꽃이 핀다. 활짝 핀 꽃길을 걸어 전시실로 들어갔다. 창덕궁 낙선재에 핀 모란에서 포집한 향으로 제작했다는 꽃향기가 은은하게 퍼진다. 디지털 소나무 숲을 배경으로 새들의 지저귀는 소리가 정겹게 들리고, 조경물로 연출된 정원에는 모란꽃이 한창이다. 오감이 즐겁다.

모란은 신라 진평왕 때 중국에서 들여온 꽃으로 알려져 있다.

궁궐과 권문세가의 정원에 모란을 심어 감상하며 그림을 그리고 시를 짓던 풍조는 고려와 조선으로 이어졌다. 특히, 조선 후기 민간에서 크게 유행했던 민화에 부귀영화의 상징으로 등장했던 가장 흔한 소재는 모란이었다.

허련의 모란 그림을 모은 화첩, 신명연이 그린 산수화훼도 등 여러 점의 모란도를 감상했다. 남계우의 《화접도》는 부귀영화를 뜻하는 모란과 장수를 의미하는 나비를 소재로 그린 민화이다. 어린 시절에 흔히 보았던 산제비나비, 배추흰나비, 표범나비들이 향을 맡으며 모란꽃 주변으로 날아든다. 모란의 고고한 자태에 꽃향기까지 더해지니 나비가 날아드는 것은 당연한 이치가 아니겠는가. 남계우는 그림의 상단에 짧은 시구절을 남겼는데, 천향국색 네 글자의 한자가 또렷하게 눈에 들어왔다.

2부에는 모란무늬가 길상무늬로 자리 잡으면서 조선 왕실에서 각종 생활용품과 의례에 즐겨 장식했던 유물이 전시되어 있다. 술병, 주전자, 합과 같은 청화백자에서부터 조각보, 복주머니, 화각 실패, 반짇고리, 문갑, 나전 가구와 같은 일상용품에 이르기까지 모란무늬를 새겨 풍요와 영화를 기원했다. 신부가 입었던 혼례복,

혼례용 부채와 방석 등에 수놓은 모란무늬도 만날 수 있다.

그중 가장 눈길을 끌었던 것은 순조의 둘째 딸 복온공주의 유품으로 남아있는 활옷이었다. 활옷은 왕가의 혼인이 있을 때 신부가 착용했던 예복이다. 제작 시기와 착용자가 명확한 유일한 활옷으로, 이번 전시회를 통해 일반에 최초로 공개되는 옷이라고 한다. 200년의 세월이 흘렀어도 비단에 한 땀 한 땀 수놓은 자수 무늬의 아름다움은 물론 조선의 공주가 입었던 예복으로서 왕족의 위엄과 기품이 느껴졌다.

활옷의 넓은 소맷부리에는 한삼을 달고 붉은 비단에 황색, 청색, 홍색의 색동을 달았다. 앞쪽의 가슴, 어깨, 팔등, 앞길 아랫단 그리고 뒤쪽의 등과 뒷길 전체에 화려하면서도 정교하게 수놓은 자수 무늬가 시선을 사로잡았다. 다산多産과 자손의 번창을 뜻하는 석류, 부부 해로偕老의 봉황, 천수天壽를 바라는 불로초, 부귀영화의 모란 등 남녀의 혼례를 축원하는 상징적인 소재를 통해 조선 시대 여인의 삶을 짐작해본다.

화양연화花樣年華의 순간, 활옷을 곱게 차려입었을 복온공주가 떠올랐다. 공주는 나비, 봉황, 연꽃과 모란으로 수놓은 꽃방석에 앉아 화관을 쓴 쪽머리에 용잠龍簪을 꽂고, 도투락댕기를 길게 늘어뜨리고는 발그레한 볼에 수줍게 연지곤지를 찍었을 게다. 그리고 마지막에 저 활옷을 차려입고 모란무늬가 새겨진 꽃가마에 사뿐사뿐 올랐을 게다. 그러나 화양연화도 잠시, 그녀는 혼인한 지 2년 만인 15세의 어린 나이로 요절하고 말았다.

인생에서 가장 아름답고 행복한 시간이지만 찰나의 순간처럼 지나가는 짧은 시절이기에 화양연화라고 하는 것일까? 나의 화양연화는 언제였을까? 이미 지나간 것일까, 오늘을 사는 지금일까, 아니면 아직 오지 않은 것일까?

마지막으로, 왕실의 권위와 위엄을 강조하고 조상을 섬기는 의례에 사용되어 왕실과 나라의 안녕과 번영을 기원하는 도상으로서의 모란을 만났다. 특이한 것은 모란이 혼인이나 잔치와 같은 경사스러운 일이 있을 때만 사용된 것이 아니라 왕과 왕비의 마지막을 함께하는 무늬로도 활용되었다는 점이다. 모란은 부귀영화의 꽃으로만 알고 있었는데, 흉례凶禮의 의미로도 사용되었다는 사실을 새롭게 알게 되었다.

흉례의 절차마다 모란도 병풍을 둘러 시신과 혼을 공경하는 예를 갖추고, 조상신이 된 국왕이 왕실의 안녕과 번영을 살펴주기를 기원했다고 한다. 신주를 운반하는 가마인 신여神轝와 향로의 덮개에 새겨진 모란무늬는 절제된 아름다움으로 고인을 잃은 상실의 아픔을 담담하게 보여주는 듯했다. 모란은 어쩌면 살아있을 때 화양연화의 순간보다 고인을 배웅하고 치유의 여정을 함께했던 삶의 마지막에 더 어울리는 꽃인지도 모른다.

모란은 콧대가 높은 도도한 꽃인 줄 알았다. 그저 화려하고 아름다운 꽃인 줄로만 알았다. 아니다. 모란은 사람이 삶을 살면서 겪는 길흉화복의 매 순간들을 함께한 꽃이었다. 그런데 어찌 된 일인지 정원에서 보았던, 시와 그림 속에서 즐겼던, 일상의 생활소품으로 만났던, 그리고 고인의 삶의 마지막을 지켰던 모란을 우리 주변에서 더는 볼 수 없게 된 것일까? 그토록 오랜 세월 사랑받았던 모란은 어디로 사라진 것일까?

《안녕, 모란》은 전시회를 통해 우리에게 안부를 물어온다. 조선 왕실의 오랜 안녕과 태평성대를 빌었던 모란처럼 코로나 시국에 그립고 보고 싶은 이들이 무탈하게 지내고 있는지를……. 나도 그대에게 안부를 묻고 싶다. 그대, 지금 안녕한가요?

* 《안녕, 모란》 특별전 안내 소책자의 내용을 일부 인용하였습니다.

# 시간의 그림자 가로지르기와
# 실존의 의미망 짜기
### - 강명숙의 수필 세계 추적 -

**한상렬** | 문학평론가

## 1. 들어가기

우리는 수필작가가 쓴 한 편의 수필을 읽는다. 그 속에는 작가인 화자의 진솔한 삶의 모습이 형상화되어 있으며, 대상에 대한 작가의 사상이 녹아 있다. 이런 경우 화자의 체험과 삶에 대한 해명이 진지하면 할수록 독자는 감동적인 삶의 메시지를 듣게 된다. 타 장르의 문학도 그러하겠지만, 유독 수필은 인간 삶의 반영이라 할 수 있다. 그러므로 우리는 한 편의 수필을 읽으면서 그 작가의 삶을 떠올리게 되며, 유로流路된 삶의 형상화를 통해 미적 감수성에까지 이르게 된다. 이런 의미에서 수필은 글쓴이의 삶의 반영이자 작가가 천착하는 세계의 모습일 것이다.

작가 강명숙의 경우, 작품의 출발점은 바로 시간의 그림자 가로지르기에 있다. 소재의 중심이 주로 과거—아날로그 시대에 터를 잡고 있음은 의미심장하다. 질주와 과속을 바탕으로 한 디지털 시대에 그의 작품은 대체로 아날로그적 삶을 바탕으로 하고 있다. 이런 회귀적 태도는 이른바 '천천히 가기'와 다름이 없다. 이는 '인간'을 바탕으로 한 실존적 자각, 의식의 그물망 짜기라 해도 좋을 듯하다. 그리하여 그의 어떤 작품을 취택하여도 인간에 대한 그의 진정한 목소리를 듣게 한다. 한마디로 그의 수필은 인간에 대한 깊은 호소력과 함께 읽는 즐거움을 주며, 이 시대에 존재하는 '나'를 다시 한번 돌아보게 한다.

그의 작품들을 일별하면 전통적 방법 즉, 평면적 글쓰기에 놓여있다. 하지만 그의 수필 읽기는 글에 직접 나타나 있지 않지만, 그 글을 통해 나타내려고 하는 숨은 뜻을 비유적으로 이르는 말인 행간의 낯섦에 길들여져야 한다. 다소 익숙한 소재들을 화제로 한—〈꽃상여〉, 〈다듬이질〉, 〈두레반〉, 〈맷돌〉, 〈복조리〉,

〈어머니의 선인장〉, 〈이불 홑청〉, 〈작약〉, 〈조각보〉 등이 고향과 어머니에 대한 사유의 기표로, 〈만추〉, 〈뿌리〉, 〈송연〉, 〈연등〉, 〈인연〉, 〈첫눈〉 등이 가족애를, 〈두오모, 그 냉정과 열정 사이〉나 〈빈센트, 밤의 꽃 별을 노래하다〉, 〈알함브라, 슬픈 추억의 세레나데〉, 〈제비꽃 소고〉, 〈모란〉이 문화 예술적 사유에 초점을 맞춘 화소들로 일견 낯익어 보이면서도 시간을 가로질러 독자로 하여금 회고적 정감과 삶의 진실을 돌아보게 한다. 눈에 띄는 그의 창작적 경향은 어쩌면 소재의 제호화에 있다. 소재와 제재, 주제의 연계선 상에서 설정되는 통상적 문법의 파괴와 전도로 집약되는 차별화가 그의 수필을 돋보이게 한다.

무엇보다 강명숙의 수필은 이러한 언어 기표의 특이함에도 있지만, 존재 파악이라는 거대 담론 아래 실존적 의미망 짜기의 다양한 모습이 나타나고 있다는 데 착목하게 한다. 이러한 작가의 시선은 그로 하여금 섬세의 눈과 기하학적 시선을 갖게 한다. 이는 그가 세계의 낯익은 일상을 새롭게 보려는 데에서 장점을 취하게 한다. 여기에 깊이 있는 언어적 성찰을 보태어 무의미한 현실에 대한 유의미화가 이루어지고 있다. 이는 일상 언어를 통한 그만의 수필적 성城 쌓기의 모습이 아닐까 싶다. 이제 그의 수필 세계에 대한 구체적인 추적에 나서고자 한다.

## 2. 추적追跡 – 하나. 어머니, 그리고 시간의 그림자 가로지르기

우리는 누구나 일상적 삶을 살아가고 그 삶의 이야기가 수필이 된다. 여기서 분명한 것은 수필이 일상을 소재로 하여 창조된다는 점이며, 그 속에 숨어 있거나 묻혀 있는 삶의 진실과 본질을 미적으로 관조하여 인식과 깨달음의 언어로 들려준다는 점일 것이다. 이 경우 일상이란 늘 낯익거나 통속적이고 타성적이어서 감동을 주기가 그리 쉽지 않다. 다만 동일한 대상과 사물일지라도 이를 작가 자신이 어떤 시선으로 바라보며, 어떻게 새롭게 직조하느냐에 작품의 성패가 달려 있을 것이다. 강명숙의 수필의 근저에는 이런 일상에서 시간의 그림자를 가로질러 회감의 정서로 증폭시키고 있다. 이는 일종의 시간의 역행일 것이다.

작가 강명숙의 삶의 반추는 자연스레 과거로 회귀하고 있다. 그의 수필 세계로 들어가노라면 잊힌 과거가 생생하게 나타난다.

검은 표지의 앨범 속에나 있을 법한 이야기들. 그 안에는 때로는 곤고困苦한 삶의 현장과 실존적 자각을 위한 의식들이 살아 숨 쉬고 있다. 그것은 바로 우리네의 일상이라 해도 좋을 것이다. 작가는 이런 일상에 포스넷이 말하듯 '상상'이라는 옷을 입히고 있다.

그의 수필 〈꽃상여〉는 슬프지만 슬프지 않은 화자의 언어적 미감이 돋보이는 작품이다.

상여가 사방 오색 종이꽃으로 뒤덮였습니다. 장식이 끝난 꽃상여를 보고 있자니 상여에 대해 그동안 가지고 있었던 막연한 두려움은 어느새 사라지고 없었습니다. 어머니를 잃은 슬픔과는 반대로 눈앞에 있는 꽃상여는 더없이 화려하기만 했으니까요. 망자가 저승길 갈 적에 초라하지 말라고 한껏 치장한 꽃상여에 태워 보내는 것이겠지요. 어머니는 돌아가신 후에야 호사를 누리게 되나 봅니다.

－〈꽃상여〉에서

수필의 초점은 '꽃상여'에 맞춰져 있다. "망자가 저승길 갈 적에 초라하지 말라고" 한껏 치장한 꽃상여는 어머니를 잃은 슬픔과 대비되어 언어적 성찰과 미감을 적실하게 표현하고 있다. 대부분 부모가 그러했듯, 생전에 곤고했던 삶의 보상이기라도 하듯 죽음에 이르러 호사를 누리게 되나 보다, 라는 표현은 언어적 유희에서 보이지 않는 본질의 현전現前과 부재不在를 찾아내어 이를 감지하려는 작가 정신을 감지하게 한다. 이러한 경향성은 감각 세계의 세밀한 관찰과 상상력의 접합일 것이다. 대상의 의미화에 충실한 이 수필은 어쩌면 식상한 일상성을 배제하고 존재 인식이란 지엄한 수필 문학의 향방을 제시하고 있다. 그 근간은 바로 문자가 지닌 기표와 기의의 변용과 굴절을 통한 문자해방과 인문학적 성찰에 있다 하겠다.

세네카Seneca는 인간의 삶을 '연회宴會'에 비유하였다. 데리다 Jacques Derrida의 언술처럼 "삶이란 그 흔적을 죽음에로 차연差延시키며, 죽음도 그 흔적을 새로운 삶에 상감시킨다."라고 보면, 삶과 죽음은 마치 회전문回轉門처럼 돌고 도는 반복의 형태를 취하고 있다 하겠다. 이런 존재적 사유와 상상에 기댄 이 수필은 다음과 같은 서사적 과정을 밟아 진행되고 있다.

[상여가 사방 오색 종이꽃으로 뒤덮였습니다. → 마을 상조회

회원들이 어머니를 꽃상여에 모실 때 그동안 참아왔던 서러움이 북받쳤습니다. → 엷은 미소를 머금은 어머니의 영정사진 앞에서 자식들은 순서대로 절을 올렸습니다. → 긴 행렬이 신작로로 막 접어들 무렵, 두고 가는 자식들이 마음에 걸렸는지 꽃상여가 움직이질 않았습니다. → 어머니는 남은 미련이 많았나 봅니다. → 몇 차례 노제路祭를 더 지내고 마침내 장지에 도착한 꽃상는 먼저 가신 아버지와 합장을 하기 위해 봉분을 다지는 동안 다음 의식을 기다렸습니다. → 하관이 시작되자, 말 그대로 하늘이 무너지는 것처럼 가슴이 미어지고 머릿속이 아득했습니다. → 텅 빈 꽃상여 옆으로 어머니의 체온이 남아있을 것 같은 낡은 옷가지와 이불이 수북이 쌓여 있었습니다. → 떼를 입혀 봉분의 모양새가 어느 정도 갖추어지자 달구질을 하던 상여꾼들이 장지까지 메고 왔던 꽃상여를 해체하기 시작했습니다.]

화자는 어머니와의 이별의식을 이렇게 담담하게 묘파하면서 내재적 정서의 편린을 "어머니를 꽃상여에 모실 때 그동안 참아왔던 서러움이 북받쳤습니다. 그런 내 마음을 알기라도 한 듯 태양은 구름 뒤로 숨어버리고, 자그마한 새 한 마리는 지붕 위를 빙빙 돌며 자리를 떠날 줄을 몰랐습니다."라고 구체화하고 있다. 그 절정에 "이승에서 칠십 평생 고단했을 어머니의 삶의 흔적들이 타오르는 연기와 함께 어디론가 홀연히 사라지는 것 같았습니다."라는 고백은 존재적 자각일 것이다.

　　사람이 세상을 사는 일과 떠나는 일은 어쩌면 같은 것일지도 모르겠습니다. 생애 가장 기쁜 날에 타는 꽃가마와 슬픈 날에 타는 꽃상여가 서로 다른 듯 닮아있듯이 말입니다. 어머니는 시집오던 날에도 타보지 못한 꽃가마를 이제야 타고 갑니다. 이제라도 꽃가마에 올라탄 어머니는 기쁘셨을까요?

—〈꽃상여〉에서

　　화자는 이 수필에서 생애 가장 기쁜 날과 슬픈 날 그 언어적 기표에 '꽃가마'와 '꽃상여'를 대비시키고 있다. '서로 다른 듯 닮은', 이들이 보여주는 사유의 단초가 언어적 상상과 문자학적 사유를 불러일으킨다. 문학작품은 이처럼 깨어 있는 이성과 도취된 감동의 결합일 때 비로소 그 감동의 파장이 크게 확장된다.

한 마디로 아폴론적 혜지慧智와 디오니소스적 감동을 작가 강명숙은 보여주고 있다. '승화된 슬픔'을 보여주는 결미의 진술이 돋보이는 작품이다.

작가의 특이한 수필적 발상은 그의 수필의 전반이 '어머니'란 이름의 보편화된 기표를 통해 존재해석이라는 수필화에 이르고 있음을 보게 한다. 〈두레반〉, 〈맷돌〉, 〈복조리〉, 〈이불 홑청〉, 〈작약〉, 〈조각보〉 등이 시간적 질서로 보아 현재라는 시점에서 과거라는 시간의 도입을 통해 오늘 우리가 잃어버렸거나 소홀히 여기기 쉬운 삶의 진실을 추적하면서 존재규명에 이르게 하는 창작의 진정성을 깨닫게 한다.

수필 〈두레반〉은 작가의 문단 데뷔 작품이다. 앞서 〈꽃상여〉에서 보듯 작가의 의식의 전초에는 어머니가 좌정坐定해 있다. 화자가 착목하는 세계가 그러하듯 작가의 시선에는 디지털보다는 아날로그적인 데에 있다. 어쩌면 우리 생애의 '뿌리'가 되는 사물에 대한 관심과 애정이 그의 수필 전편에 자리 잡고 있다. 이들 중 가장 원초적인 모성母性 이른바 어머니에 대한 천착은 여러 편의 작품에서 주요한 소재요, 단서로 작용하고 있다. 수필 〈두레반〉이 이와 같은 맥락에 있는 정제되고 설득력을 지닌 작품이다.

화자의 어머니가 사용하던 두레반. 소재와 표제를 동일하게 엮는 게 작가 강명숙의 차별화된 기법이다. 이삿짐을 정리하다 찾아낸 "잃어버린 듯 뿌연 먼지를 뒤집어쓴 채 푸석푸석한 모습"의 두레반이다. "세월의 각질이 수차례 벗겨지고 덧입혀진 지 꽤 오래됐을 법했다. 물걸레질하고 두레반을 가만히 살펴보았다."라고 서두를 풀어낸 이 수필은 두레반에 얽힌 어머니의 곤고했던 세월의 무게를 담고 있다. 서사적 과정으로 진행되는 이 수필은 어머니의 삶을 두레반에 인유함으로써 존재 인식이란 철학적 사유에 이르게 한다.


컴컴한 창고 안에서 갇혀 지낼 뻔했던 두레반이 지금 내 앞에 있다. 어머니의 손때 묻은 두레반을 보고 있으려니 내 마음은 그 옛날 화롯불 위에서 자글자글 졸고 있는 청국장에 가 있다. 오랜 시간 잊고 지냈던 어머니의 손맛이 새삼 그립다. 가족이 음식을 나누며 풀어내던 수다가 두레반 위에 포르르 내려앉았다가 가고, 두레반과 함께했던 가족의 일상이 기억을 더듬어 수년의 세월을 훌쩍 넘어올 듯하

다. 함께 나눈 음식과 가족의 이야기를 고스란히 담고 있는 어머니의
두레반. 두레반에 둘러앉아 어머니의 사랑을 먹고 자란 육남매가 이
제는 각자의 식탁에서 자신의 자식들에게 사랑을 나누어주고 있다.
그 모습을 어디에선가 어머니가 흐뭇한 표정으로 내려다보고 있을
것만 같다.

–〈두레반〉에서

이렇게 어머니에 대한 그리움과 회억을 두레반에 은유한 이
수필은 '디지로그Digilog'라는 신조어가 말해주듯, 디지털 시대의
아날로그적 정서가 전편에 깔려있다. 그 중심에 어머니 그리고
가족이 있다. 화자는 "두레반에 음식을 올리기 위해 고단한 세월
을 보낸 어머니의 올곧은 마음과 인내의 지혜를 닮고 싶다."라는
존재적 자각에 이르게 된다.

수필 〈두레반〉과 같은 맥락에 놓여 있는 수필 〈맷돌〉과 〈복
조리〉도 어머니를 회고하는 화자의 마음이 진솔하고 진정성 있
게 녹아 있다. 이들 중 〈맷돌〉은 "어머니는 맷돌에 콩을 갈기 하
루 전부터 물에 담가 불렸다."라는 서두의 진술을 통해 맷돌의

유용성을 부부관계에 빗댄 수작이다. "두 개의 돌이 한 몸처럼 맞물려야만 곡물이 잘 갈린다. 수쇠가 암맷돌과 수맷돌을 이어주는 이음새인 동시에 중심축인 셈이다."라는 전제적 진술에 "인생은 맷돌이다. 당신이 어떤 사람이냐에 따라 맷돌은 당신을 다듬을 수도 있고 닳게 할 수도 있다."라는 릭 페이지의 언술을 마중물로 하여

살아오면서 삶의 이음새가 풀릴 뻔한 적이 여러 번 있었다. 그럴 때마다 위기를 넘기며 버틸 수 있었던 우리 부부의 수쇠는 무엇이었을까? 암맷돌과 수맷돌이 맞물려 서로의 무게와 마찰을 감내하듯, 우리 부부는 좌표를 잃고 표류하던 서로의 인생을 끌어안은 채 힘겹고 고통스러운 긴 시간의 터널을 함께 지나왔다.

—〈맷돌〉에서

라는 존재 인식의 언술은 작가의 인문학적 성찰을 잘 보여주는 대목일 것이다. 어머니로부터 부부 사이의 의식망까지 굴절 변용한 창작 의도가 돋보인다. "언어는 존재의 집"이라 명명한 하

이데거의 철학적 담론을 떠올리게 한다. 이처럼 작가 강명숙의 수필은 그 단초가 어머니로부터 발원하여 부부관계, 가족이라는 동심원의 파장으로 확대한다.

지금은 찾아보기 힘든 〈두레반〉이나 〈맷돌〉, 〈복조리〉 그리고 〈이불 홑청〉, 〈조각보〉, 〈송연〉의 '연' 같은 사라지는 것들에 대한 화자의 아쉬움은 그리운 어머니로 치환置換된다. 시대의 변화와 함께 차츰 우리 주변에서 사라져가는 사물에 대한 회억은 아쉬움을 주기에 충분하며, 이에 대한 회고는 곧 '디지털 시대에 아날로그적 정서이자 인간성 회복'이라는 주제와 닿아 있다. 이와 같은 소재 선택의 남다른 감각과 의식은 독자에게 작가 강명숙의 작가 정신을 읽게 한다.


## 3. 추적追跡 – 둘. 뿌리 그리고 토포필리아Topophilia


겨울 산, 그리고 겨울나무. 작가에게는 이러한 소재가 그저 일상이나 무의미한 대상이 아니다. 작가는 지금 겨울 산에 들어있다. 수필 〈겨울나무〉는 화엄사에서 시작한 지리산 산행을 모티브로 하고 있다. 화자의 시선을 붙든 겨울나무는 "버림으로써 얻을 수 있다는 것을 알려주기라도 하듯 겨울나기를 하고 있다." 그렇다. 수필 문학은 일상의 산보요, 데카르트의 사유 즉, 코기토Cogito이다. 화자는 겨울나무에서 '쓸모없음의 쓸모'라는 인간 삶의 궁극적 물음에 답한《장자》의 철학을 깨닫게 한다. 이러한 창작 의도는 수필 〈뿌리〉, 〈비자나무〉와 그 맥락을 같이하고 있다.

수필 〈뿌리〉는 "베란다 청소를 하다가 난蘭 화분이 깨진 것을 발견했다."라는 단서로부터 출발한다. 화분이 넘어진 것도 아니고, 물건이 떨어져서 부딪힌 것도 아니련만, 왜 화분이 깨졌을까. 하지만 이런 의문은 이내 풀린다. "주인이 무심해 있는 동안 난은 좁은 화분 속에서 살아남기 위해 자신의 뿌리를 실타래처럼 얽어매고 있었다."라는 존재 사태는 실상 화자에게 "화분이 깨진 것은 돌덩이처럼 뭉친 뿌리가 어떻게든 살아남기 위해 주인에게 보낸 경고였으리라."라는 추측과 해석을 낳게 한다. 이런 존재 사태가 화자에 이르면 충격으로 받아들여지게 된다. 이 수필의 창작 의도요, 발상의 출발점이다. 이어서 화자의 상상과 사유가 이어진다. 제주의 허파라 불리는 '곶자왈'의 예시가 그러하다. 종가시나무의 뿌리가 표층을 뚫고 나와 커다란 암석 틈새로 길게 뻗어 자라는 것과의 동일시를 통해 일종의 유사착상類似着想을 일으킨다. '뿌리'에 대한 사유의 외연 확보다. 여기서 화자는 이 수필의 표제이면서 키워드인 '뿌리'에 대한 문학적 상상을 증폭시키고 있다.

　　모든 살아있는 식물의 생의 근원이 뿌리이듯 살아있는 자의 생명의 근원은 부모에게서 온다. 부모는 곧 '나'라는 존재의 뿌리다. 나의 부모도 당신들의 부모가 있었고, 당신들의 부모 또한 부모가 있었기에 지금 여기 '나'라는 실체가 존재하는 것이다.
　　깨진 화분 속의 난초, 암석 틈에 뿌리를 내린 종가시나무가 강한 생명력으로 살아남았듯 삶의 화두는 어디에 뿌리를 내렸는가보다 어떻게 뿌리를 내릴 것인가에 있다.

－〈뿌리〉에서

뿌리는 바로 살아있는 생명의 근원이다. 그 생명의 근원은 바로 부모에게서 온다. "부모는 '나'라는 존재의 뿌리다."라는 화자의 언술에 설득력이 실려 있다. 작가 강명숙의 수필에서 자주 등장하는 어머니에 대한 회감의 정서는 앞서 '추적-1'에서 보듯 그의 작품 대부분에 걸쳐 마중물의 역할을 하고 있다.

수필 〈작약〉은 그런 어머니에 대한 회감이 주요한 인자因子로 작용하고 있다. 어머니의 정원에 작약이 절정이다.

딸에게는 향기로 기억되던 봄날의 정원이 혹여 어머니에게 외로운 섬은 아니었을까? 활짝 핀 작약처럼 어머니의 삶도 평탄했다면 좋았으련만 당신의 삶은 눈물의 연속이었다. 호된 시집살이의 서러움과 자식 셋을 떠나보내고 가슴에 묻어버린 남모를 아픔, 남의 빚을 대신 갚느라 늘 빠듯했던 살림살이의 고달픔까지……."

– 〈작약〉에서

이 대목에 이르면 시나브로 자기화自己化와 동화同化라는 수필의 매력에 취하게 한다. 어디 그뿐인가.

어머니의 삶 속에서 오랜 애환을 함께 해온 손때 묻은 옛 물건들은 다 어디로 사라진 걸까? 그것들도 보석처럼 빛나던 때가 있었으리라. 어머니가 돌아가시자 주인을 잃고 더는 관심을 받지 못한 탓일까? 언제부터인가 옛 물건들이 그것을 알기라도 하듯 홀연히 자취를 감추어 버리고 말았다."

-〈이불 홑청〉에서

　

수필 〈이불 홑청〉 역시 같은 맥락에 놓여 있다. 이들 수필의 매력은 담백하면서도 행간에 담은 사유의 결과인 인문학적 성찰이 주효하기 때문일 것이다. 이러한 경향성은 수필 〈얼굴〉에서도 동일한 기법으로 나타난다. "친정집 마을에는 느티나무 네 그루가 있다. 마을을 지키는 느티나무가 원래 다섯 그루였는데, 전쟁 중에 한 그루가 불에 탔다고 한다. 느티나무의 나이가 최소 칠십은 넘었다는 얘기다. 어린아이가 노인이 되는 동안 느티나무는 마을 사람들의 이야기를 나이테에 차곡차곡 새겨왔다."라는 서두에서 보듯, 친정집 느티나무는 화자에게 있어 토포필리아Topophilia인 공간애를 떠올리게 한다.

① 사람이 인생을 살아가면서 저마다 삶의 굴곡을 겪듯이 나무도 시련을 겪기는 마찬가지다. 나이테의 간격으로 미루어 나무가 어느 해에 잘 자랐는지, 어느 해에 자라기 어려웠는지를 알 수 있다고 한다. 나이테의 간격이 넓으면 땅속에 영양분이 많아 그해에는 나무가 자라기 좋은 환경이었다는 것을 짐작할 수 있다. 나무가 적당한 햇볕과 강수량을 필요한 만큼 얻었다는 뜻이다. 반대로, 나이테의 간격이 좁으면 그해에는 춥고 땅속 영양분이 적어 나무가 자라기 힘든 환경이었다는 것을 알 수 있다.

② 묘목이 인생의 시작이라면 고목은 인생의 완성이 아닐까? 고목이 된 친정 마을의 둥구나무처럼 나에게 주어진 삶의 시간을 잘 살아내고 싶다. 인생이라는 묘목에 부지런히 물과 거름을 주고, 차가운 바람이 불어와도 튼튼한 꽃대를 피워 올리고 싶다. 그리하여 어느 화창한 봄날, 활짝 핀 꽃과 같은 나이테가 나의 얼굴에도 곱게 새겨지길 바라본다.

-〈얼굴〉에서

위의 ①과 ②에서 보듯, 화자는 느티나무에서 자신의 '얼굴'을 유추하고 있다. [사람이 인생을 살아가면서 저마다 삶의 굴곡을 겪듯이 나무도 시련을 겪기는 마찬가지다. → 묘목이 인생의 시작이라면 고목은 인생의 완성이 아닐까? 고목이 된 친정 마을의 둥구나무처럼 나에게 주어진 삶의 시간을 잘 살아내고 싶다.]라는 화자의 내면적 의식의 전이가 독자에게 진정성 있게 다가간다. 이렇게 화자의 서정적 감각의 배면에 깔린 의식은 바로 존재의 자각이라는 철학적 담론을 근간으로 하고 있음을 보게 한다.

### 4. 추적追跡 – 셋. 실존적 자각, 그 의식의 의미망 짜기

인간의 궁극적 목적이나 가치의 문제는 삶의 '의미'에 관한 것이다. 살되 그냥 되는 대로 사는 것이 아니라 옳고 가장 보람있게 살고자 하는 것이며, 그럼으로써 삶의 의미를 찾자는 것이다. 인간에게는 인간으로서 살고자 하는 내재적 필연성이 있다. 이러한 내재적 요청은 넓은 의미에서의 윤리적 요청이다. 하이데거에 의하면 윤리란 원래 희랍어의 '에토스Ethos'란 어휘에서 연유한 것으로, 우주나 인간이 가진 '거처'나 '자리'를 뜻한다. 그러므로 윤리적 문제는 인간이 인간답게 사는 문제, 우주 안에서 자기 본연의 모습을 찾아내고 그에 따라 살아가는 문제에 지나지 않을 것이다.

강명숙 수필의 또 다른 지형은 디지털 시대에 아날로그적 사유를 통한 실존적 자각이다. 존재 인식이란 철학적 명제 앞에 화자는 그의 시선이 착목된 대상에 대하여 통찰적 의미의 해석을 내리고 있다. 디지털 시대에 자칫 우리가 잊고 있는 삶의 진실에의 추적일 것이다. 굳이 토인비나 하버마스의 말을 떠올리지 않더라도 기계화의 역작용을 피부로 느끼는 현대인의 아픔일 것이다. 이런 상실감이 화자의 의식 안에 새로운 의미망을 짜고 있음은 탁월한 작가 정신이 아닐 수 없다.

수필 〈조각보〉는 어머니와 조각보를 담론으로 하는 회고적 수필이다. 그의 대부분의 수필은 앞에서 보았듯 시간의 그림자를 가로지르는 회고적 체험을 화제로 삼고 있다. 이는 대상을 통한 자기 얼굴 그리기요, 실존적 자각일 것이다. "어릴 적, 시골에서 보자기를 만들어 사용하는 일은 흔했다."라는 다소 평범하고 평면적 서두로부터 글문이 열리지만 독자에게 서서히 행간에 담은 함의에 빠져들게 한다.

[어머니는 평소 쓰다 남은 천 조각을 차곡차곡 모아두었다가 밥상보, 베갯모, 냉장고 손잡이, 전화기 받침보를 만들곤 하였다. → 가위질에 천이 사각사각 잘려나갔다. → 어머니는 골라놓은 천을 겹쳐놓고 시침 핀으로 고정한 다음 듬성듬성 시침질을 해주었다. → 소박하고 투박한 조각보는 서양의 퀼트Quilt를 연상시킨다. → 퀼트는 일정한 주제를 가지고 여러 사람이 각자 만든 블록을 모아서 연결하는 공동작품으로, 개인의 취향보다는 전체적인 어울림을 중요하게 여긴다.]

삶은 계획된 도안대로 만들어가는 퀼트 작품이 아니다. 딱히 정해진 도안이나 모범답안이 없다. 어떠한 문양과 색상의 조합으로 만들어질지 예측할 수 없으므로, 미리 천 조각을 마름질할 수도 없다. 그렇기에 삶은 한 폭의 조각보를 완성해 가는 일과 같다. 서로 다른 선과 면과 색상을 잇다 보면 작은 천 조각들이 한데 어우러져서 전혀 예상하지 못했던 무늬가 만들어지듯 삶도 수많은 선택과 우연이 빚어낸 파편들이 조우遭遇하며 자신만의 인생의 무늬를 완성해 가는 것이리라.

—〈조각보〉에서

여기, 조각보는 "조각보는 별도의 도안이나 계획 없이 가지고 있는 자투리 천으로 만드는 생활소품이다." 하지만 그때그때 소유한 천에 따라 만드는 사람의 마음이 가는 대로, 손길이 닿는 대로 완성된 문양과 색상은 각양각색 달라진다. 무의미에서 발견하는 유의미함, 이처럼 삶의 진실은 포장되어 있다. '드러남'이 아니라, '숨어 있는' 진실 찾기는 작가 강명숙의 수필이 그야말로 '숨은그림찾기'에 있음을 보여준다.

이와 같은 존재 자각이 작가의 의식의 그물망에서 진중한 해석을 내리게 한다. 미셸 푸코가 말했듯, 작가는 한 편의 수필에서 "사유의 전 지평을 산산이 부숴버리는" 존재의 의미를 해석해냄으로써 독자로 하여금 감동하고 감화하게 한다. 강명숙의 수필은 이런 지평에 있다.

이처럼 작가 강명숙의 실존적 자각과 의식의 그물망에는 일상을 통한 존재 사태에의 통찰과 혜안이 담겨있다. 이는 그의 수필이 궁극적으로 인간화를 지향하고 있음을 간파하게 한다. 곧 수필 〈바람개비〉에서 "삶은 바람개비를 닮았다. 바람개비는 바람을 거슬러 맞바람을 맞을 때라야 날갯짓을 할 수 있다. 뒤에서 순풍이 불어올 때는 날개가 돌아가기는커녕 오히려 뒤집혀버리고 만다."라는 의미화로, 수필 〈송연〉에서는 "얼레에 감겨 있던 연줄을 끊어야 연이 하늘에 더 가까이 다가가듯 이제는 내 마음에 감긴 연줄을 풀어볼 일이다. 그러면 오래전 내 가슴에 품었던 연이 얼레를 풀고 바람결에 훌쩍 날아오르리라. 연을 날려 보내며 주문처럼 외던 그 시절의 꿈이 내 삶의 또 다른 나침반이 되어줄 수 있지 않을까?"로 의미화하고 있다.

그런가 하면 〈두오모, 그 냉정과 열정 사이〉나 〈빈센트, 밤의 꽃 별을 노래하다〉, 〈알함브라, 슬픈 추억의 세레나데〉, 〈제비꽃 소고〉, 〈모란〉에서는 작가의 문화 예술적 사유가 인문학적 성찰로 나아가고 있음을 보여준다. 이는 그의 수필의 마력과도 같은 흡인력 때문일 것이다. 실존적 자각, 그 의식의 그물망에 직조된 작가 강명숙의 수필적 매력일 것이다.

## 5. 나가는 말

지금까지 필자는 수필작가 강명숙의 수필 세계를 추적하기 위해 '어머니, 그리고 시간의 그림자 가로지르기', '뿌리 그리고 토포필리아Topophilia', '실존적 자각, 그 의식의 의미망 짜기'의 세 갈래의 지평으로 나누어 살펴보았다.

그의 수필은 한마디로 '시간의 그림자 가로지르기와 실존의 의미망 짜기'일 것이다. 소박하지만 진솔한 작가적 체험이 빛나며, 그 배면背面에 숨어 있는 그림을 찾게 한다. 개안開眼을 위한 존재 사태의 심적 표상Mental representation이라는 지형이라 하겠다. 우리 시대의 새로운 작가임을 보여주는 대목이다. 작가는 많지만 진정한 작가는 드물다는 비판과 일정한 거리를 유지하고 있는 좋은 작가임에 틀림이 없다.

덧붙인다면, 강명숙의 수필은 사물과 대상을 자기 나름의 프리즘에 의해 굴절시키고 용해하여 자기화하고 있다. 그의 수필을 읽다 보면 때론 가슴이 먹먹해 온다. 이는 인생의 연륜에서 오는 그만의 혜안일 것이며, 철학적 바탕 위에서 구축된 자기만의 성城이어서일 것이다. 그 성의 탑은 아주 견고하여 그만의 미적 언어로 해석하고 의미화하여 문학적 형상화의 길을 가고 있지 싶다. 이만한 깊이의 수필을 만난다는 것은 수필 읽기의 행운인지도 모른다.

　일찍이 헤라클레이토스는 "아무도 똑같은 강을 두 번 건너지는 못한다."고 언명했다. 세계가 주목하지 않는 작품일지라도 우리가 그 작품에 담은 모든 것, 또는 제거해 낸 모든 것과의 완전한 조화 속에 울림을 일으킨다. 이러한 반응에서 놀라운 것은 바로 솔직성에 있을 것이다. 강명숙 수필의 지평은 여기에 있다. 독자들은 그의 수필에서 좋은 수필을 음미하는 계기가 되기에 부족함이 없을 것이다.

강명숙 수필집

# 조각보